W0027014

Hans Scheibner

Alle Jahre Oma

Hans Scheibner

Alle Jahre Oma?

Neue Weihnachtsgeschichten

Mit Illustrationen von
Heidrun Boddin

List

List ist ein Verlag
der Ullstein Buchverlage GmbH

ISBN 978-3-471-35109-3

Gesetzt aus der Swift
Satz: LVD GmbH, Berlin
Druck und Bindearbeiten: CPI books GmbH, Leck
Printed in Germany

Inhaltsverzeichnis

Oma gibt nicht auf

»›Will ich nicht‹ gibt es nicht! Und ›Kann ich nicht‹ liegt aufm Friedhof!«, brummte Helene Kreienbohm vor sich hin.

Dann drehte sie zum zehnten Mal mit ihrem Rollator in ihrem Zimmer um und schob wieder los in Richtung Tür.

»Frau Kreienbohm, lassen Sie die Gehhilfe doch bitte noch stehen. Das können Sie noch nicht. Das ist viel zu früh für Sie. Wenn Sie zum Mittagstisch wollen, holen wir Sie lieber noch im Rollstuhl ab!«

»Von wegen ›geht noch nicht‹«, sprach sie wieder vor sich hin.

»Ich hasse diese blöde Gehhilfe doch sowieso. Aber was soll ich machen? Ich war mal Langstreckenläuferin, ihr dusseligen Hühner. Was wisst ihr denn schon von mir!«

Ja, ja, es war ihr klar: sie meinten es ja alle nur gut mit ihr. Und das bekam sie auch mindestens zwanzigmal am Tag zu hören: »Frau Kreienbohm, wir wollen Ihnen doch nur helfen, wieder ganz gesund zu werden. Aber dann dürfen Sie sich auch nicht überanstrengen.«

Blablabla. Und am blödesten immer diese scheinheilige Fröhlichkeit:

»Haben wir denn auch brav unsere Tabletten alle genommen?«

»Wieso denn wir?«, hatte sie zurückgefragt. »Brauchen Sie auch schon diese Pillen?«

»Nein, Entschuldigung, Frau Kreienbohm, ich meinte natürlich: ob SIE Ihre Pillen schon genommen haben?«

»Aber natürlich«, hatte Oma Kreienbohm zurückgegeben.

»Ich bin ganz scharf auf die Dinger. Die roten fürs Herz, die gelben für die Verdauung, die weißen, damit ich besser schlafen kann, die grünen für die Nieren. Oder war das umgekehrt? Die roten für die Nieren, die grünen zum Schlafen und die weißen für die Verdauung?«

Seit sie gemerkt hatte, dass sie von dem ganzen Pillensalat nur Durchfall bekam und Herzklopfen und trotzdem nicht einschlief, hatte sie sich entschlossen, die Drops jeden Morgen, wenn die Pflegerin Sandra gegangen war, ins Klo zu werfen. (Für Helene waren übrigens alle Pflegerinnen Schwestern. Sollte Sie etwa »Pflegerin Sandra« oder »Pflegerin Hildegard« zu ihnen sagen?)

Oh ja, es war jetzt wohl sechs Wochen her, dass ihre liebe Familie sie hier in dieses Seniorenheim gesteckt hatte. Erst mal nur zur Probe.

»Wenn du gesund bist, Mutter, kannst du ja wieder in deine kleine Wohnung mit dem Stolperteppich zurück.« Sie wollte doch um keinen Preis jemals in ein Altersheim. Aber was blieb ihr übrig? Sie konnte sich ja nicht wehren. Einmal nicht aufgepasst, schon lag sie in ihrer kleinen Wohnung auf dem Flur neben der Kommode, hatte sich den Kopf gestoßen, und das Bein tat weh wie Hölle. Dieser verdammte Teppich war schuld. Na ja, und dann: Krankenhaus und Diagnose: Oberschenkelhalsbruch. Ach, wie hatte ihr Schwiegersohn Manfred da besorgt geguckt! Er wisse ja Bescheid. »Oberschenkelhalsbruch – damit ist nicht zu spaßen!«, hatte er gleich gesagt. »Hatte doch meine Mutter auch!«

Wie zartfühlend von ihm. Konnte sich grad noch verkneifen, hinzuzufügen: »Und dann Lungenentzündung und dann Beerdigung.«

Aber erstens war Oma Kreienbohm erst ganze zweiundachtzig Jahre alt und nicht dreiundneunzig wie seine Mutter damals – und zweitens hatte sie sich im Unterschied zu diesem vorlauten Schwätzer längst im Internet informiert: Oberschenkelhalsbruch ist auch nicht mehr das, was er mal war! In einfachen Fällen setzen die Chirurgen einen Plastikknochen ein. Mit ein bisschen Glück kann der Patient sich nach sechs Wochen schon an dem verflixten Rollator gleichmäßig fortbewegen. Na gut, es waren noch nicht ganz sechs Wochen – aber der Professor hatte es ihr ja bestätigt: »Alles im grünen Bereich!«, hatte er gegrinst. »Sie sind ja eine eiserne Lady! Sie werden wieder fast normal laufen können. Nur Mut!«

Und den hatte sie. Nicht nur Mut, sondern auch einen ziemlichen Zorn. Ihre Tochter Jessica hatte nämlich schon angefangen, ihr das Seniorenheim schmackhaft zu machen:

»Sieh dir doch mal die Bilder an: Sieht doch aus wie in einem guten Hotel. Da hast du alles, was du dir nur wünschen kannst. Frühstück, Mittagessen, Kaffeetrinken und Abendbrot. Und jeden zweiten Tag gibt es im großen Saal ein Unterhaltungsprogramm. Das ist fast so, als wenn du im Urlaub wärst. Und so teuer ist es auch nicht. Du hast doch deine Rente. Und deine Ersparnisse. Mach es dir doch noch ein bisschen schön und gemütlich an deinem Lebensabend. In dem Seniorenheim wirst du auch versorgt, wenn du einmal krank bist. Da sind doch so viele gute Schwestern, die auf dich aufpassen und die dir helfen können. Und du bist nicht mehr allein wie in deiner Wohnung.«

Aber da hatte sich Jessica geschnitten. »Ich bin noch kein Fall fürs Seniorenheim, meine Liebe. Ich kann mich noch sehr gut allein versorgen.«

Oh Gott ja: Sie hasste es, abhängig zu sein. Aber das würde sich ja alles vielleicht noch zum Besseren wenden.

Und was sollte nun aus Heiligabend werden?

»Diesmal, Oma, kommen wir alle zu dir!«, hatte Jessica verkündet. »Inge und Klaus und Manfred und ich – und unsere Kinder. Und zwar kommen wir nicht Heiligabend, sondern am ersten Weihnachtstag am Vormittag. Wir bringen sogar einen kleinen Tannenbaum mit. Ist das nicht schön?«

»Wieso, warum könnt ihr mich denn nicht Heiligabend zu euch holen? Klaus und Inge wollten doch, dass ich diese Weihnachten wieder zu ihnen komme.«

»Aber nein, Oma. Das ist doch noch viel zu anstrengend für dich. Deine Operationswunde ist doch noch gar nicht richtig verheilt. Ist doch viel schöner, wenn wir diesmal alle zu dir kommen.«

Als Jessica das vor drei Wochen sagte, war Helene Kreienbohm tatsächlich noch ziemlich schwach von der Operation. Ein bisschen hatte sie noch protestiert: »Sonst habt ihr doch immer gesagt: Heiligabend ohne Oma ist kein Weihnachten. Und jetzt wollt ihr mich hier im Heim allein lassen?«

»Aber nein, Oma. Wir kommen doch am ersten Weihnachtstag. Heiligabend machen die hier im Gemeinschaftsraum einen ganz feierlichen Abend mit Liedersingen und so. Das ist doch auch schön für dich.«

»Ach geht mir doch weg – mit Liedersingen und vielleicht noch bunter Teller mit Spekulatius. Da geh ich nicht hin. Ich will bei euch und den Kindern sein.«

»Tut uns leid, Oma. Du hattest nun mal diese Operation. Jetzt musst du auch mal artig sein. Es ist doch alles nur zu deinem Besten!«

Oh, wie sie diesen Spruch inzwischen hasste! Alle wollen

sie nur das Beste für mich. »Auch mal artig sein.« Nicht auszuhalten. Als wenn man noch ein kleines Kind wäre.

Einmal hatte sie einer Schwester geantwortet: »Ach, was Sie nicht sagen. Den Gefallen, dass ich nicht wieder gesund werde, möchte Ihnen auch gar nicht tun.«

Aber auch das hatten sie ihr nicht übelgenommen.

»Sie sind mir aber eine!«, hatte Schwester Gerda nur gesagt. Ach ja, alte Leute und Geisteskranke werden gnadenlos höflich behandelt.

Heiligabend bei jeweils einem ihrer Kinder, das war immer ein wunderschönes Erlebnis für sie gewesen. Bis vor drei Jahren war sie ja auch noch gebraucht worden: zum Braten der Weihnachtsgans. In den letzten beiden Jahren war es ihr aber schon zu anstrengend geworden. Alle waren immer begeistert gewesen vom Ergebnis: »Die Weihnachtsgans kannst eben nur du so zart und mit dieser krossen Kruste zubereiten, Oma!«

Aber gut, in Ordnung – dann musste sie eben mal stillhalten.

Sie hatte sich schon damit abgefunden.

Doch dann – mitten in der Nacht – sie lag noch und grübelte vor sich hin – da ging ihr plötzlich vor Schreck ein Licht auf! Sie setzte sich im Bett auf und knipste die Nachttischlampe an:

»Jetzt weiß ich, warum ihr mich nicht haben wollt!«, rief sie aus. »Mozart! Es ist wegen Mozart!«

Es war ihr auf einmal völlig klar: Ich habe Jessica nur gefragt; wie es ihm geht. Ob sie gut mit ihm klarkommen.

Und Jessica? »Mach dir keine Sorgen, Oma. Es geht ihm gut!«

Was haben sie mit Mozart gemacht?

Warum hatte Jessica ihn nicht ins Heim mitgebracht?

Sie hatte sich doch schon so auf den Burschen gefreut.

»Ehrlich gesagt, Oma, ich hab nicht dran gedacht. Ich glaube auch, man darf hier im Seniorenheim keinen Hund haben.«

Da stimmte etwas nicht.

Und sofort erinnerte sie sich, dass Jessica ja schon bei ihrem ersten Besuch hier etwas Merkwürdiges gesagt hatte: »Was würdest du denn davon halten, Mutter, wenn wir ihn in ein gutes Tierheim geben? Du kannst ja doch nicht mehr mit ihm spazieren gehen. Und du weißt, dass Manfred und ich arbeiten müssen. Frederica ist bis zum März in Kanada, Max ist den ganzen Tag in der Schule. Wir wissen da ein Tierheim, da muss man zwar ein bisschen was bezahlen, aber da hat er es richtig gut.«

»Kommt überhaupt nicht in Frage«, hatte Helene nur knapp gesagt und damit war die Sache für sie erledigt. Aber wenn sie es nun einfach, ohne ihr etwas zu sagen, getan hatten? Ihr erster Gedanke war: Gleich morgen früh anrufen und Jessica fragen, ob sie den Hund weggegeben hat. Aber, nein, das würde sie dann wahrscheinlich nicht zugeben. Also musste sie es unbedingt schaffen, morgen an Heiligabend zu Jessica und Manfred zu fahren. Nicht wegen Max, sondern wegen Mozart.

»Ich muss mich überzeugen, dass sie ihn noch haben!«

Inzwischen war sie mindestens zwanzigmal mit dem Rollator langsam in ihrem Zimmer vom Fenster zur Tür und wieder zurück gegangen. Ganz langsam, Schritt für Schritt. Aber es klappte. Zweimal tat es noch ziemlich weh an der Hüfte – aber nur, wenn sie wenden musste. Dann stöhnte sie jedes Mal ein bisschen auf.

»Und jetzt versuche ich, bis in den Empfang im Erdgeschoss zu kommen. Und dann vorn zur Tür hinaus!

Zur Probe erst mal. Auf in den Kampf!«

Auf dem Flur im dritten Stock begegnete ihr Lieschen Trautwein, die alte Meckerliese.

»Was ist das denn, Frau Kreienbohm? Sie dürfen doch noch gar nicht allein am Rollator gehen!«

»Ich darf alles!«, gab Helene nur zurück.

Und dann wunderte sie sich selbst: sie schaffte es bis zum Fahrstuhl, es gelang ihr auch das riskante Manöver, rückwärts in den Fahrstuhl zu gehen, den Wagen rückwärts ziehen, den Knopf E drücken – und schon war sie im Erdgeschoss.

Raus aus dem Fahrstuhl und in Richtung Eingangshalle.

Eine andere »Mitgefangene«, wie Helene sich immer ausdrückte, kam ihr entgegen: »Hallo, Frau Kreienbohm, da staune ich aber. Ich denke, Sie liegen noch mit Gips im Bett!«

»Ich war mal Marathonläuferin!«, rief Helene, jetzt schon ziemlich fröhlich. »Und das schaff ich wieder!«

Sie bog um die Ecke zur Halle – da stand ja schon ein wunderschöner großer Weihnachtsbaum. Elektrische Kerzen brannten, und er war mit bunten und silbernen Glaskugeln geschmückt.

Schon fuhr sie mit ihrem Gehhilfe-Automobil in Richtung Ausgangsportal und sah: Draußen hatte es wohl etwas geschneit. Aber da ging es los: Ein Entsetzensschrei hinter ihr:

»Ja, um Gottes willen! Halt, halt, Frau Kreienbohm! Was machen Sie denn da! Sie können doch nicht … Das dürfen Sie doch gar nicht. Bleiben Sie stehen, bleiben Sie stehen!«

Plötzlich war sie von drei Weißkittel-Schwestern und dem Walross Bertha Fischer, der Heimleiterin, umzingelt.

»Was haben Sie sich dabei gedacht! Wie sind Sie denn überhaupt hierhergekommen?«

Helene richtete sich ganz gerade auf: »Zu Fuß!«, sagte sie. »Wie Sie sehen. Und jetzt gehen Sie mir bitte aus dem Weg. Ich will nur mal probieren, ob ich schon in den Garten kann.«

Den drei Wachhunden blieb der Mund offenstehen. Dann griff das Walross ein: »Sofort zurück auf Ihr Zimmer! Marsch, Marsch!«

Zu dritt hielten sie sie fest, eine nahm ihr den Rollator weg, sie fassten ihr unter die Achseln und wollten sie wegtragen.

Helene Kreienbohm schrie: »Lassen Sie mich sofort los! Das ist Freiheitsberaubung!«

Aber da kam Seine Majestät der Anstaltsdoktor schon dazu.

»Loslassen!«, sagte er. Und dann zu Helene: »Donnerwetter. Sie sind mir ja ein Wunderkind! So was gibt es ja gar nicht. In Ihrem Alter. Aber, liebe Frau Kreienbohm, Sie müssen uns doch auch verstehen. Wir können Sie noch nicht einfach so alleine laufen lassen. Das ist zu gefährlich für Sie. Und dann werden wir dafür verantwortlich gemacht. Das verstehen Sie doch. Oder?«

»Ich bin kein Kind mehr, Herr Doktor. Ich weiß, was ich mir zutrauen kann!«

»Eine Woche noch, Frau Kreienbohm. Im neuen Jahr, da können sie hier meinetwegen ihren Dauerlauf machen. Aber noch nicht heute!«

Helene war wütend. Sie wollte es doch heute nur probieren.

Aber was sollte sie schon machen. Dann musste sie also erst mal wieder auf ihr Zimmer zurück.

Die drei Wachhunde führten sie wieder zum Fahrstuhl. Es hatte sich eine ganze Traube von Muttis, Opis und Omis versammelt, die empört durcheinanderredeten. »Wie kann sie nur!« – »Einfach nur unvernünftig!« – »Die ist ja wohl völlig verrückt geworden.« Sie brachten sie wieder in den dritten Stock in ihr Zimmer. Hagen Reimann aber – ein großer grauhaariger Rentner mit Krückstock war ihnen gefolgt und stand plötzlich mitten in Helenes Zimmer.

»Ich bleib noch einen Augenblick bei ihr«, sagte er. »Wir sind befreundet.«

*

Helene musste sich einen Augenblick erholen von dem Drama. Sie ließ sich in ihren Sessel fallen. Dann erst bemerkte sie den älteren Herrn. Was war das denn für einer?

Ein Freund? Daran konnte sie sich nicht erinnern.

»Setzen Sie sich doch«, sagte Helene. »Aber fangen Sie nicht auch noch an, mir zu erzählen, dass Sie es so gut mit mir meinen!«

»Danke schön«, sagte der Mann. »Ich bin Hagen Reimann. Ich lebe schon drei Jahre in dieser Irrenanstalt. Ich wollte Ihnen meine Hilfe anbieten.«

»Danke. Ich brauche keine Hilfe.«

»Ich denke doch. Sie wollen doch ausbrechen, wie ich eben mitbekommen habe. Dazu brauchen Sie Hilfe!«

Helene sah ihn sich genauer an. Kein unsympathischer Typ: graues Haar, listige blaue Augen, ziemlich gerötete Gesichtshaut – wohl vom Wein oder so –, gut rasiert und mit einem feinen Lächeln.

»Ich muss unbedingt zu meiner Familie. Die haben mich hier abgestellt. Und ich weiß auch, warum. Weil ich nicht merken soll, dass sie meinen Hund ins Heim gegeben haben.«

»Verstehe«, sagte der Mann. »Das ist ein schweres Verbrechen. Aber so einfach kommen Sie doch an den Irrenhauswärterinnen da unten nicht vorbei.«

»Ich bin so zornig!«, sagte Helene. »Mir kommen schon wieder die Tränen vor Wut. Wieso lassen die mich nicht raus? Ich bin zweiundachtzig Jahre alt, ist das immer noch nicht alt genug?«

»In einer Irrenanstalt«, sagte Hagen Reimann, »gelten keine normalen Gesetze. Das Walross da unten walzt alles nieder, was nicht auf sein Kommando hört.«

»Welches Walross denn?«

»Na, die blaue Dicke, die Sie so liebevoll in den Arm genommen hat: »Sofort zurück auf Ihr Zimmer! Marsch, Marsch!«

»Unglaublich!«, rief Helene. »Die hat ja einen Griff wie ein Olympiaringer!«

»Soll früher mal wirklich Gefängnisaufseherin gewesen sein. Aber bei der Altenpflege nehmen sie heute ja jeden.«

»Und was mach ich jetzt?«

»Jetzt machen wir einen Plan, Frau Kreienbohm. Aber vorher krieg ich einen kleinen Schnaps von Ihnen.«

»Aber gerne!«, sagte Helene. Sie war froh, dass sie nicht schon gleich wieder allein sein musste.

»Und ich brauche auch einen«, sagte sie. »Gehen Sie mal zur Kommode. Hinter den Büchern liegt eine Flasche Cointreau: Orangenlikör!«

Und Hagen Reimann schenkte ein.

»Auf Ihren Mut, Frau Kreienbohm!«, rief er. Sie stießen mit Wassergläsern an.

»Ich weiß was«, legte Helene los. »Neulich ist doch mal die arme Frau Reineke ausgekniffen. Die haben sie ja gleich wieder eingefangen, weil sie sich überhaupt nicht mehr zurechtfinden kann. Aber die ist aus der Waschküche raus. Schwester Sandra hat erzählt, da gibt es eine Tür in den Garten. Und die stand offen.«

»Denkste«, sagte Reimann, »die ist natürlich inzwischen verrammelt und verriegelt. So was darf doch nicht noch mal passieren.«

»Wissen Sie denn einen andern Ausgang?«

»Nein, wir müssen durch den Hauptausgang. Und dafür brauchen wir einen Plan. Ich denke da an Folgendes ...«

Bis um 18 Uhr saßen die beiden zusammen. Reimann bediente sich noch zwei-, dreimal aus der Likörflasche.

Helene konnte da nicht mithalten. Aber dieser Herr Reimann wurde ihr immer sympathischer. Sein Plan war ja ziemlich waghalsig, aber gar nicht so dumm. Helene war zum Schluss ehrlich begeistert.

Sie kicherten und lachten zusammen.

»Großartig, dass Sie das für mich tun wollen!«

»Kein Problem. Für schöne Frauen muss man schon mal was riskieren!«

»Sie Draufgänger, Sie!«

»Ich freu mich drauf. Die werden schön dumm gucken, wenn Sie weg sind, Frau Kreienbohm!«

»Sie dürfen Helene zu mir sagen!«

»Und mein Name ist Hagen! Wäre doch gelacht, Helene, wenn wir das nicht schaffen!«

Als es an die Tür klopfte, versteckte Helene die Likörflasche schnell unter der Bettdecke – Hagen stellte die Gläser auf die Fensterbank. Das Abendbrot wurde für Helene gebracht. Schwester Sandra fiel es nicht weiter auf, dass Herr Reimann sich Helenes Rollator geschnappt hatte und und damit hinausging. Am Rollator und ein bisschen wackelig bewegten sich ja die meisten Alten hier durchs Haus.

»Bis morgen!«, sagte Reimann und versuchte noch, mit dem Rollator eine fesche Kurve hinzulegen.

»Bis morgen!«, sagte Helene, musste lachen und zwinkerte ihm zu.

*

Am nächsten Tag – dem Heiligen Abend – wurde Helene von Schwester Sandra um 15 Uhr zum Weihnachtskaffee abgeholt.

»Na, Frau Kreienbohm, haben wir den Schreck von gestern gut überstanden?«

Helene natürlich wieder: »Ich ja. Ob Sie sich erholt haben, weiß ich ja nicht.«

Diesmal musste die Schwester sogar lachen. Sie wunderte sich auch überhaupt nicht darüber, dass Helene sich völlig widerstandslos im Rollstuhl nach unten fahren ließ.

In der Empfangshalle herrschte schon Heiligabendbetrieb.

Paketboten stürmten rein und raus, Besucher für die Heimbewohner mit der ganzen Familie kamen, Kinder bestaunten den großen Weihnachtsbaum, Mitglieder des Kirchenchors gingen in die Bibliothek, wo um 16 Uhr das Kaffeetrinken mit dem Liedersingen stattfinden sollte. Aus den Saalbeschallungslautsprechern kam gedämpfte Weihnachtsmusik. Die Rezeption wurde von mehreren Personen belagert, das Telefon läutete ununterbrochen.

Helene hatte versucht, sich mit dem Rollstuhl noch näher an den Eingang heranzurollen. Aber das war wirklich noch zu schwer für sie, der Rollstuhl rührte sich nicht.

Sie war jetzt doch ziemlich aufgeregt. Dieser Hagen Reimann war ein völlig Verrückter.

Hoffentlich würde sein Plan funktionieren.

»Wichtig ist, dass Tumult entsteht«, hatte er erklärt.

»Viel Zeit bleibt dir nicht, Helene. Wenn es losgeht, musst du entschlossen handeln. Guck auf die Uhr. Ab

15.30 Uhr werden die Alten alle zur Bibliothek strömen, um ihren Weihnachtskaffee zu kriegen. Genau um fünf Minuten vor vier geht es los, das verspreche ich dir. Handelt sich um ein Problem der Statik. Ich war Statiker auf dem Bauamt, musst du wissen. Und dieser Tannenbaumfuß, das habe ich gleich gesehen, ist ein statisches Höchstrisiko. Du wirst es sehen: 15:55 Uhr kippt der Baum um. Und das ist deine Chance.

Es war 15:50 Uhr, und nichts war zu sehen. Oma Helene hatte sich zum Eingang hin gedreht – und da sah sie ihren Rollator. Schon aufgeklappt stand der draußen vor der Tür. Genau wie Hagen es versprochen hatte.

15:52 Uhr, 15:53 Uhr, 15:54 Uhr – da! Der Baum. Als wenn eine unsichtbare Kraft an seinem oberen Teil zog, fing er an zu zittern. 15:55 Uhr – ein Schrei – Helene erkannte sofort Hagens Stimme: »Vorsicht, der Baum fällt um! Achtung, Achtung!«

Und tatsächlich: Der vielleicht vier Meter große Weihnachtsbaum neigte sich immer mehr, zwei oder drei Heiminsassen stießen ebenfalls Schreckensrufe aus und konnten dem fallenden Baum gerade noch ausweichen.

Helene hätte vor Aufregung fast vergessen, dass sie jetzt unbedingt nach draußen zu ihrem Rollator musste. Sie befreite sich aus dem Rollstuhl, stand jetzt praktisch frei, hatte nur ihren Krückstock als Halt. Sie hatte Angst. Aber sie riss sich zusammen und schaffte es tatsächlich mit drei, vier Schritten aus der Glastür hinaus – die sich elektrisch immer von selber öffnete – und dann mit zwei Schritten zu ihrem Rollator. Und nun nichts wie weg – so schnell es eben ging. Sie warf noch kurz einen Blick zurück in die Halle: Da war nun tatsächlich das große Chaos ausgebrochen. Sie hörte noch Hagen rufen: »Hilfe! Ich bin unter dem Baum begraben! Was ist denn das für ein Wahnsinn!«, aber da war sie schon um die Hausecke herum, niemand hatte sie gesehen, sie musste nur noch den kurzen Weg hinter den Rhododendronsträuchern vorbei zur Straße. Es ging zwar nur schrittweise, sie blieb einmal stehen und sah sich um: niemand folgte ihr.

Gott sei Dank! Die erste Phase ihrer Flucht war geglückt.

Jetzt musste sie nur noch nach einem Taxi winken und dann zu Jessica und Manfred – zu Mozart!

*

Bei den Kindern von Oma Kreienbohm liefen um diese Zeit natürlich die Vorbereitungen zur Bescherung.

Jessica hatte entschieden, dass es diesmal keinen Gänsebraten geben sollte. Endlich einmal wollte sie sich durchsetzen: Wir essen Heiligabend vegetarisch. Es gibt Kohlrouladen mit Fetafüllung und dazu Nussbratlinge. Manfred hatte nicht mal zu protestieren gewagt. Aber das hatte seinen Grund.

Er hatte sehr viel gutzumachen und ein verdammt schlechtes Gewissen Jessica gegenüber. (Jessica hatte nämlich eine Restaurantquittung für zwei Personen in seinem Jackett entdeckt mit einem Datum, an dem er angeblich in einer Redaktionskonferenz war. Aber davon soll ein anderes Mal berichtet werden.)

Was die Kinder anging: Sie wollten gern mit Kartoffelsalat und Würstchen zufrieden sein.

Jessica war daher eigentlich guter Dinge. Aber dann kam ein Anruf von Klaus.

Fing der doch tatsächlich wieder von dem Omaproblem an: »Wir fragen uns grade, ob das wohl wirklich richtig ist, Mutter ausgerechnet am Heiligen Abend sich selbst zu überlassen.«

»Was soll das, Klaus? Das haben wir nun wirklich ausgiebig besprochen. *Ihr* hättet sie ja nehmen müssen, aber wir sind alle der Meinung gewesen, dass es besser für sie ist, noch in ihrem Seniorenheim zu bleiben. Was sollten wir wohl machen, wenn sie ausgerechnet Heiligabend einen Rückfall bekommt und einen Arzt braucht.«

»Ja, ja, hast ja recht. Uns waren nur Zweifel gekommen, ob sie es überhaupt realisiert hat, als wir es ihr neulich eröffnet haben. Seit sie damals nach Mallorca abgehauen ist, weil wir sie gekränkt hatten, sind wir eben etwas vorsichtiger!«

»Ich glaub, mir kommen gleich die Tränen, lieber Bruder. Wer war es denn, der sie damals ausgeladen hat, weil ihm sein Geschäftsbesuch wichtiger war?«

»Ach bitte, Jessica, hör damit auf. Du bist ja die Gute, die Brave. Weißt du was? Du kannst mich mal!«

Und hatte aufgelegt. Na, das konnte dann ja morgen am ersten Weihnachtstag schön ungemütlich werden, wenn die beiden Familien im Seniorenheim zusammentreffen würden.

*

Ach du großer Gott: Ein Taxi am Heiligen Abend. Das hätte sie sich ja auch denken können, dass das zu einem Problem werden könnte. Sie hatte mühsam den Taxenstand erreicht.

Zum Glück nur etwa fünfzig Meter vom Heim entfernt. Aber das waren schon verdammt harte fünfzig Meter geworden. Immer wieder musste sie stehen bleiben. Die Hüfte begann zu schmerzen – und sie hatte Angst. Angst, erneut auszurutschen und wieder hinzufallen. Es lag eine leichte Schneedecke, sie hatte zwar in weiser Voraussicht ihre festen Stiefel angezogen – aber sie traute der Straße nicht. Ein falscher Schritt, und sie läge auf dem Hintern oder auf der Nase. Und das Ganze mit diesem blöden Rollator. Auwei – und es graute ihr vor dem Theater, das sie dann im Heim erleben würde.

Überhaupt: Es waren inzwischen mehr als zehn Minuten vergangen. Die mussten da doch inzwischen gemerkt haben, dass sie sich selbständig gemacht hatte.

Außerdem war sie nicht warm genug angezogen für diese winterlichen Temperaturen.

Die Kälte kroch ihr langsam in die Knochen.

Der Taxenstand aber – war leer. Weit und breit kein Taxi zu sehen. Dann muss ich mir eins heranwinken. Leicht gedacht – aber wie? Mit dem Rollator am Straßenrand? Da hält doch kein Taxi an. Wer will eine alte Oma mit Rollator mitnehmen? Aber es kam ja auch gar keins. Die Beine taten ihr weh. Ihre jüngste Enkeltochter Frederica hatte ihr das Gehvehikel zusammen mit Jessica zum Geburtstag geschenkt. Das war vor über einem Jahr. Damals war Helene fast gekränkt gewesen. Wieso sollte sie jemals so eine Gehmaschine brauchen! Jetzt fiel ihr ein, dass Frederica ihr noch erklärt hatte, wie man das Monstrum feststellen kann, um sich auf einen Sitz zu setzen. Sie fummelte ein bisschen daran herum, dann hatte sie es heraus: ganz einfach einen Hebel umlegen – schon stand die Maschine und bildete eine Fläche zum Sitzen. Danke, Frederica! Sie musste sich auf den Sitz ihres Mehrzweckwagens setzen, um ein bisschen auszuruhen.

Schon war sie fast so weit, dass sie ans Umkehren dachte. Aber nein! Sofort fiel ihr wieder Mozart ein.

Ich muss unbedingt wissen, ob sie ihn wirklich ins Heim gegeben haben. Und wenn ich darüber erfriere! Verdammt noch mal! Der arme Hund! Jessica, die soll was erleben. Wie kannst du meinen Mozart einfach in ein Heim geben, ohne mich zu fragen. Das arme Tier. Sitzt jetzt in einem schrecklichen Drahtkäfig im Tierheim und ist traurig, ganz traurig. Dabei wusste Helene natürlich noch gar nicht, ob Mozart tatsächlich ins Heim abgeschoben worden war. Aber sie traute es Jessica ohne weiteres zu. Und das genügte, um voller Zorn auf sie zu sein.

Es kam und kam kein Taxi.

Aber dann geschah ein Wunder:

Direkt vor ihrer Nase, vor ihrem Sitz-Rollator blieb mit lautem Knall ein Märchenauto stehen. Wirklich ein absurdes Gefährt: knallgrün lackiert, klein, fast wie ein Auto vom Spielplatz – mit einer winzigen offenen Ladefläche, einem Führerhaus – sah aus wie für Kinder –, aber das Merkwürdigste: mit nur drei Rädern – eins ganz vorn unter der Motorhaube und zwei hinten. Aus diesem seltsamen Fahrzeug stieg auf der anderen Seite ein dicker Kerl in ebenfalls grünem Overall aus, eilte nach vorn und hob das Stück Blech hoch, das die Motorhaube bildete.

»*Lanet olsun*!«, schimpfte er vor sich hin.

Helene horchte auf. Das war doch Türkisch? Das kannte sie von ganz früher, als sie mal als Sekretärin in Istanbul stationiert war. Der Dicke drehte da offenbar etwas am Motor herum. Dann richtete er sich stöhnend auf, hielt sich das Kreuz und ließ die Motorhaube wieder runterknallen.

»Hallo, guten Tag, Murath«, rief Helene vom Straßenrand.

Der Dicke sah hoch – und lachte gleich laut.

»Du Frau von Abendrothsweg?«

»Ja, das bin ich. Hab doch immer in Ihrem kleinen Laden eingekauft!«

»Feta-Käse und Oliven! Aber du krank? Im Fahrstuhl!«

»Nein, Rollstuhl. Rollator. Kann nicht gut gehen. Warte auf ein Taxi, aber es kommt keins.«

»Heiliges Abend, Deutsche alle fahren zu Familia!«

Helene sah ihre Chance.

»Könntest du mich wohl ein Stück mitnehmen?«

»Weiß nicht, ob gut. Auto kaputt. Müssen erst probieren.«

Dann ging er kurz zu seinem Führerhaus zurück und holte ein Gerät, das wohl eine Kurbel war. Er bückte sich tief vor seinem grünen Dreiradauto, steckte das kürzere Ende der Kurbel durch die Haube in den Motor rein und begann zu drehen, als ob sein Wagen eine Uhr zum Aufziehen wäre. Dazu schnaufte er und fluchte wieder: »*Lanet olsun, lanet olsun*!« – dann gab es wieder einen Knall, aber der Motor sprang an. Toktoktoktoktoktok! Das Dreirad wackelte im Takt.

»Frau versuchen?«, rief Murath zu Helene rüber und zeigte auf die Tür des Cockpits.

»Ja, gern! Danke!« Sie stand vom Rollator auf. Murath griff ihr unter die Arme und führte sie zu seiner grünen Karosse.

»Aber nix Platz, Murath andere Seite.«

Ogottogott, was war das nun wieder! Für eine kürzlich erst an der Hüfte Operierte eine unmögliche Aufgabe! Wie sollte sie in diese schiefe Blechkiste ihre Beine reinbekommen? Es tat weh, als sie sich auf den kaputten Sitz zu setzen versuchte. Aber Murath war begeistert. Er hob sie an und drehte sie in Fahrtrichtung hinein.

»Schöne Frau in meine Luxusauto!«

»Mein Rollator!«, rief Helene. Der stand immer noch am Straßenrand.

»Nix Problem!«, rief Murath, griff sich die Gehhilfe, klappte sie mühelos zusammen, als wenn er das jeden Tag machen müsste und legte sie auf die Ladefläche. Dann stieg er er ein und versuchte, sich neben Helene zu setzen. Das war schwierig auf der engen Sitzbank. Er konnte die Tür auf seiner Seite erst beim zweiten Mal mit Kraft zuschlagen.

»Murath zu dick. Zu viel Bira!«

Dann fuhr er los, das heißt, er holperte los, der Motor überlegte sich alle Augenblicke, ob er weiterlaufen wollte oder nicht. Stotternd und manchmal ruckartig kamen sie aber voran.

»Glücksfall, dich treffen!«, lachte Murath. »Letzte Mal gesehen, Krankenauto dich holen.«

»Alles wieder gut«, sagte Helene fröhlich, weil sie sich bei Murath in seiner Kiste in Sicherheit fühlte. »Ich bin aus dem Altersheim ausgebrochen. Die wollten mich nicht gehen lassen.«

»*Tüm konaklama*!«, sagte Murath anerkennend. »Du wollen zu Abendrothsweg?«

»Nein, ich muss zu meiner Tochter Jessica. Die wohnt in Eimsbüttel, Lutterothstraße. Ich brauche nur ein Taxi irgendwo.«

Murath ging darauf gar nicht ein.

»Wo deine *kopek*?«, fragte er. »Clochard oder wie heißen?«

Helene musste lachen. »Ja, das wäre auch ein guter Name für den Rabauken. Nein, er heißt doch Mozart. Wie der große Komponist: *Entführung aus dem Serail*. Er ist bei meiner Tochter. Das hoffe ich jedenfalls.«

»So eine liebe *kopek*. Aber immer laut wau wau!«

»Ja, ich sollte ja schon wieder ausziehen aus der Wohnung. Herr Meisenkoten wollte mir kündigen. Aber dann kam doch der Einbruch im Nachbarhaus Nr. 16. Da haben sie gemerkt: Bei uns waren keine Einbrecher, weil Mozart jedesmal bellte, wenn jemand nur das Treppenhaus betrat.«

»Hahaha!«, lachte Murath. »Gutes Wach-*kopek*. Kleines *kopek*, großes *gürültü*!«

»Ja, ja, ein großer Krachmacher.«, freute Helene sich.« Hat mir vielleicht das Leben gerettet. Als ich in meiner Wohnung hingefallen bin, hat er so lange gebellt, bis jemand kam!«

»Braves kleines *kopek*. Wo wohnen deine Tochter genau?«

»Du willst mich hinbringen? Das kann ich ja kaum annehmen. Ich kauf zehn Kilo Feta-Käse, verspreche ich!«

Murath lachte. »Du *cilgin*! Woher war Clozart? Welches Land. Nicht deutsch, nicht wahr?«

Die grüne Klapperkiste auf drei Rädern tuckerte in Richtung Hamburg Eimsbüttel. Oma Helene saß dem Gemüsehändler fast auf dem Schoß. Hin und wieder knallte der Motor, aber er blieb nicht stehen.

Überall Weihnachtsschmuck rechts und links in den Schaufenstern der Läden, an einer Ecke standen noch Tannenbäume zum Verkauf. Es war inzwischen dunkel geworden. Überall hingen Lichterketten über den Straßen.

»Nein, nicht deutsch. Rumänien. Aus Bukarest.« Und sie erzählte ihre berühmte Abenteuergeschichte: Mozarts Entführung aus Bukarest.

*

Bei Jessica und Manfred war jetzt Alarm! Das Seniorenheim hatte angerufen.

»Ist Ihre Mutter bei Ihnen?«

»Nein, wieso denn? Die muss doch bei Ihnen sein!«

»Mein Name ist Bertha Fischer, ich bin die Heimleiterin. Wir hatten hier ein furchtbares Durcheinander. Wir wollten ihre Mutter zum Weihnachtssingen aus ihrem Zimmer runterholen – aber da ist sie nicht. Sie wollte gestern schon einmal mit ihrem Rollator aus dem Haus gehen!«

»Wie bitte? Mit dem Rollator? Das kann sie doch noch gar nicht. Ihre Operationswunde ist doch noch gar nicht verheilt. Wie können Sie denn so etwas zulassen!«

»Ja, ja, das wissen wir ja. Aber in dem Durcheinander hier. Hier ist nämlich der große Tannenbaum umgefallen. Auf einen unserer Bewohner … Ach, so etwas Dummes, wir melden uns wieder!«

Das Walross war in Not. Sie hatte es nicht verhindern können, dass diese verrückte Kreienbohm ausgerissen war.

Erst dieses Drama mit dem großen Tannenbaum. Drei von den Alten sprangen (ja tatsächlich: sie sprangen!) regelrecht zur Seite, als jemand »Vorsicht, der Baum!« rief. Er fiel zwar langsam, aber gründlich. Es knarrte und klirrte laut. Die ganze Halle vorn bestand plötzlich nur noch aus einem Gewirr von Ästen und Kugeln und elektrischen Kerzen. Ein Mann kam unter den Trümmern hervorgekrochen, schrie und schimpfte laut:

»Hilfe! Hilfe! Wer hat den Tannenbaum aufgestellt! Unverantwortlich. Dilettanten! Der hätte mich bald erschlagen. Wer ist dafür verantwortlich!«

Es war natürlich Hagen Reimann, der unter dem Baum hervorkam. Mühsam erhob er sich, schleppte das Bein nach und ging sofort auf das Walross los: »Wie können Sie so etwas zulassen? Ich bin verletzt. Ich glaube, ich blute am Oberschenkel!«

Die dicke Heimleiterin war sprachlos vor Schreck. Aus der Bibliothek kamen die Gäste fürs Weihnachtssingen wieder zurück und wollten alle sehen, was geschehen war. Wie bei einem besonders schrecklichen Autounfall drängten sie sich vor und glotzten auf das Elend, den umgefallenen Weihnachtsbaum und die Scherben der Kugeln in der ganzen Halle. Alle schnatterten und sabberten aufgeregt durcheinander. »Eben noch da vorbeigegangen ...« – »Der schöne Baum!« – »Seines Lebens nicht sicher hier ...« – »Sollen sich was schämen ...« – »Der schöne Baum! Und was das wieder kostet ...!«

Dann musste natürlich der Hausmeister kommen. Eine Riesenleiter wurde aufgestellt. Ein Nylonseil wurde am Baum befestigt, er wurde hochgehoben – und dann sah man es: Der Baum war aus dem Fuß herausgekippt. Der Fuß lag daneben. Offenbar waren die Schrauben an dem großen Eisenfuß zu locker gewesen, so dass der Baum das Gleichgewicht verloren hatte.

Hagen Reimann war auch der Erste, der es bemerkte: »Sehen Sie sich das mal an: Der war ja gar nicht richtig festgeschraubt. Wie kann denn so was angehen!« Seltsamerweise lag auch eine Kombizange in der Nähe des Tannenbaumfußes. Hatte die etwa der Hausmeister dort vergessen? Vielleich wollte er die Flügelschrauben anziehen, war abgerufen worden und hatte nicht mehr drangedacht!

Hagen Reimann konnte sich gar nicht wieder einkriegen, so empört war er.

Es dauerte über eine halbe Stunde, bis sich die Aufregung gelegt hatte. Dann erst fiel Klara Tiedemann, die immer mittags mit bei Helene am Tisch saß, etwas auf: »Da steht ein Rollstuhl leer herum. Hat Helene nicht darauf gesessen?«

Und die Sucherei ging los. Wo ist Helene Kreienbohm geblieben?

Eine der Mitbewohnerinnen meldete: »Ich kann mich täuschen. Aber ich hab sie mit ihrem Rollator draußen gesehen.«

Um Gottes willen! Sofort hinterher. Das Walross

stampfte los auf die Straße. Zwei andere Pflegerinnen ebenfalls. Nichts war zu sehen. Um Gottes willen, wenn sie nun da draußen orientierungslos umherirrte?

Zuerst wurde die Familie angerufen. Aber die wussten ja von nichts. Dann ging es richtig los: die übliche Suchaktion. Erst suchten die Pflegerinnen noch in ihren Kleinwagen die Umgebung ab: Nichts! Es blieb nichts anderes übrig: Die Polizei wurde angerufen. Die wollten erst noch abwiegeln (hatten auch keine Lust, Heiligabend eine alte Frau zu suchen). Aber dann gab die Polizei sogar eine Meldung ans Hamburg-Radio:

»Ältere Dame im schwarzen Parka und weißen Jeans mit Rollator vermisst. Sie ist 82 Jahre alt und stark gehbehindert. Hinweise nimmt jede Polizeidienststelle entgegen.«

*

Jessica rief sofort ihren Bruder Klaus an: »Unsere Mutter ist wieder abgehauen! Haben sie euch auch schon angerufen?«

»Nein, was ist denn los?«

»Mutter ist aus ihrem Heim abgehauen! Ich bin so wütend auf sie. Mit ihrem Rollator. Sie haben sie schon überall gesucht. Sogar übers Radio. Aber sie ist verschwunden.«

»Wie? Verschwunden? Das kann doch nicht wahr sein! Du hast mir doch vor einer Stunde erst versichert, dass sie noch nicht wieder gehen kann!«

»Ach verdammt!«, fluchte Jessica. »Du kennst doch Mutter! Die macht doch, was sie will. Hab ich dir doch gleich gesagt: dass es bestimmt nicht richtig war, sie ausgerechnet am Heiligen Abend sich selbst zu überlassen.«

»Augenblick mal: DU hast es gleich gesagt? ICH habe gesagt, dass uns Zweifel gekommen sind!«

»Ist doch jetzt ganz egal, Klaus. Sie ist abgehauen. Sie irrt irgendwo in der dunklen Stadt mit ihrem verdammten Rollator umher. Das kann sie doch keine zwanzig Meter aushalten!« Jessica wurde wieder hysterisch. »Vielleicht liegt sie irgendwo im Straßengraben oder im Gebüsch oder mitten auf der Straße und ist vielleicht schon überfahren. Wir müssen die Feuerwehr anrufen und alle Krankenhäuser!«

»Quatsch. Die hat sich bestimmt ein Taxi genommen und taucht gleich bei euch auf oder bei uns!«

»Das halten meine Nerven nicht aus. Wir müssen irgendwas tun!«

»Die ganze Stadt absuchen? Oder was?«

Jessica wude immer wütender: »Sie kriegt es immer wieder hin, uns zu tyrannisieren. Wir hatten uns schon so gefreut, endlich mal ganz allein mit Max zu feiern ...«

»Ach nee! Hör auf, Jessica. Vielleicht fährt sie ja auch mit dem Taxi zu ihrer Wohnung. Ich fahr da jetzt mal hin. Und du bleibst, wo du bist. Wir rufen uns gegenseitig an, wenn wir sie gefunden haben.«

*

»Frederica und ich – also meine Enkeltochter – haben Mozart nämlich vor dem Erschlagenwerden gerettet. Aus Bukarest! Rumänien!«, rief Helene, so laut sie konnte, um gegen das Toktoktoktoktok des Einzylindermotors und gegen das furchterregende Knattern des Auspuffs anzukommen.

»Rumänien?«, rief Murath zurück. »Ist bekannt. Zu viele Hunde überall. Schlingen an langem Stock. Ein Euro für jedes *kopek*. Und dann Krrrrrrrrr!« Er machte das Halsabschneiderzeichen.

»Ja, hab ich selber gesehen. Mit Frederica, meiner Enkelin. Mitten in der Stadt sind sie gekommen. Mit einem Lastwagen. Fünf Männer sprangen herunter mit solchen Angeln, und vorne eine Schlinge dran. Haben die Hunde zusammengetrieben, eingefangen, mit einem Stock auf den Kopf geschlagen und in den Wagen geworfen. Schrecklich war das. Ich konnte es nicht ansehen. Und viele Leute haben zugesehen und noch gelacht und Beifall geklatscht. Frederica hat es auch alles mit angesehen. Das werden wir nie vergessen!«

»Istanbul auch«, rief Murath. »Zu viele Hunde auf der Straße. Liegen überall. Werden abgeholt.«

»Mozart ist ihnen irgendwie entwischt. Wir saßen auf einer Art Bank aus Stein an der Straße. Der kleine Hund ist zu uns gelaufen, hat sich bei Frederica hingesetzt und sich an ihr Bein geschmiegt. Da hat meine Enkelin sich ihren Gürtel abgemacht und ihn dem Kleinen wie ein Hundehalsband um den Hals gelegt. Der hat das gleich begriffen. Wir sind mit dem Hund an der Gürtelleine weggegangen, direkt bei den Hundefängern vorbei. Aber was nun? Wir mussten am nächsten Tag zurück nach Deutschland mit dem Flugzeug. Frederica wollte den Hund unbedingt mit nach Hause nehmen.«

Murath lachte kurz auf. »Mit dem Flugzeug? Nicht möglich!«

»Ja, das habe ich ihr auch immer wieder gesagt: Wir müssen ihn hierlassen. Wir kommen damit gar nicht erst ins Flugzeug rein. Aber sie ist wie ich: Oma, wir schaffen das.

Aber denkste. Am Flugplatz natürlich: Haben Sie Papiere für den Hund? Hatten wir natürlich nicht. Hab ich halt behauptet, die seien mir am Vortag geklaut worden – soll der arme Hund etwa alleine hierbleiben? Dann zur Sicherheitskontrolle. Frederica immer noch mit dem

Hund an der Leine. Keiner hat sie aufgehalten. Frederica ist einfach bis zum Gate weitergegangen mit dem Hund auf dem Arm. Ðch habe nur gestaunt. Während ich die Flugtickets vorgezeigt habe, ist Frederica wie selbstverständlich neben mir her gegangen und dann aufs Flugfeld bis zur Gangway. Niemand hat uns angehalten!«

»Nicht möglich!«, rief Murath.

Ein Peterwagen fuhr langsam an ihnen vorbei. Die überlegten wohl, ob sie die türkische Klapperkiste kontrollieren sollten, fuhren aber weiter. Ist ja Heiligabend.

»Doch möglich, Murath. Mozart ist mit ins Flugzeug gekommen. Unter meinen Sitz!«

»Nix glauben. Wie hast du das gemacht?«

»An der Treppe zum Flugzeug kam so einer mit Kopfhörern und Helm. Ganz wichtig: ›So kann der Hund nicht mitkommen! Der muss in eine Kiste in den Gepäckraum.‹

Da habe ich gewusst: Ich muss aufs Ganze gehen. Habe meiner Enkelin den Hund vom Arm genommen und ihm den Kopfhörer-Mann entgegengehalten. ›Bitte, nehmen Sie ihn!‹, habe ich gesagt. ›Sie dürfen ihn behalten.‹ Der Mann war so verblüfft, dass er gar nichts gesagt hat, und mich mit dem Hund zur Treppe geschubst hat. Irgendwas geflucht hat er noch, was ich nicht verstanden habe. Aber dann, Murath, es war noch nicht vorbei. Oben im Flugzeug stand eine große böse Stewardess. Und wieder ging es los: ›Was ist das denn?‹ hat sie entsetzt gesagt: ›Wir nehmen keinen Hund an Bord! Wegen der Sicherheit und Hygiene.‹ Da wusste ich schon, was ich machen musste: ›Haben Sie völlig recht‹, habe ich gesagt. ›Ich will ihn auch gar nicht. Aber er läuft immer hinter uns her. Ich kann ihn nicht loswerden. Nehmen Sie ihn doch bitte!‹ Ich wollte ihr den Hund in die Arme legen. ›Gehn Sie weg mit dem

Hund!‹, hat sie gerufen. ›Na schön, wenn Sie ihn nicht haben wollen.‹ So sind wir weitergegangen mit dem Hund. Zu unserem Sitz dritte Reihe. Aber da saß ein Mann am Gang, der hat sofort protestiert! ›Was soll das! Ich will nicht neben einem Hund sitzen! Unerhört. Stewardess, nehmen Sie die Frau und den Hund hier weg!‹ Er hat so laut gepöbelt dass der Pilot es gehört hat vorne. Die Tür zum Cockpit war offen.

›Was ist denn los dahinten? Ich habe Start-Erlaubnis!‹ – ›Hier ist eine Frau mit einem Hund an Bord!‹, hat die Stewardess gesagt. ›Ich habe ihr gesagt, dass …‹ Und in dem Augenblick hat Frederica eingegriffen. Hat sich den Hund wieder genommen und ist bis zum Piloten nach vorne gelaufen: ›Hier, Herr Kapitän, das ist mein Hund. Sie wollten ihn in Bukarest totschlagen. Aber er will mit mir nach Deutschland!‹

Sie war mit ihren 16 Jahren ja schon ein wunderschönes Mädchen. Und dazu Mozart in ihren Händen. Der Pilot hat nur noch gerufen: ›Scheiß drauf! Wir müssen los! Setzt euch wieder hin!‹ Und stell dir vor, Murath: Die böse Stewardess hat uns in die erste Reihe gesetzt, damit der dumme Mann nicht mehr pöbeln konnte. Wir flogen los – und die Stewardess hat sogar eine Schüssel mit Wasser gebracht für den kleinen Hund.

Aber der hat dann den ganzen Flug brav unter unserem Sitz gelegen und hat sich nicht gerührt. Er wusste genau, dass er aus der Hundehölle entkommen war.«

»Gibt noch gutes Menschen!«, rief Murath und hörte sehr besorgt auf die Aussetzer seines Motors. Helene war wieder selbst ganz ergriffen von ihrem Hundedrama. Obwohl sie es schon hundertmal überall erzählt hatte, ihren Freundinnen, in der Familie, beim Bäcker und natürlich neulich im Krankenhaus, kamen ihr immer noch fast die

Tränen, wenn sie an Mozarts Rettung dachte. Das Drama ging ja auch noch weiter. Da war ja noch das Theater beim Hamburger Zoll. Das darf man gar nicht erzählen. Sonst verliert noch ein junger Zollbeamter seine Stellung. Der hat nämlich nur die schönen Augen von Frederica gesehen und ihren frechen Ausschnitt. Sonst hätte vielleicht doch noch alles …

Da gab es einen gefährlichen Knall.

Der Motor machte noch einmal sein toktoktoktokok! Ein Ruck, und das grüne Märchenauto stand.

Und Murath weinte fast: »Motor *kirik*. So nu!«

*

Im Seniorenheim lief schon die Weihnachtsfeier. Der Kinderchor sang, jemand las die Weihnachtsgeschichte vor, und der Pastor fand mühelos den Bezug zu den aktuellen Flüchtlingsproblemen. Hinter den Kulissen aber spielte immer noch das hauseigene Flüchtlings-Drama: Oma Kreienbohm ist verschwunden. Direktor Schirmacher, der Leiter des Trägers, kam von zu Hause im anstaltseigenen Pkw angefahren. Er fürchtete offenbar, vom Gemeinderat zur Verantwortung gezogen zu werden, und faltete deshalb Bertha Fischer, das Walross, zusammen:

»Sie haben mein Vertrauen sehr enttäuscht, Frau Fischer. Ich hätte Ihnen nicht die Oberaufsicht an so einem Abend überlassen dürfen. Sie hätten mich sofort anrufen müssen, als das Unglück mit dem Weihnachtsbaum passierte. Das wird Folgen haben, das sage ich Ihnen!«

Dem Walross kamen tatsächlich die Tränen.

Dann stürmte Walter Frohmer herein, Lokalreporter der Regionalausgabe der *Abendzeitung*: Ob die Oma aus dem Hamburg-Radio von hier aus dem Orchideenheim ausgerissen sei? Der Weihnachtsbaum lag immer noch quer im Raum, denn der Hausmeister versuchte noch, den Tannenbaumfuß wieder anzubringen. Heimleiterin Bertha Fischer war nicht in der Lage, Auskunft zu geben. Aber ein gewisser Hagen Reimann drängte sich an den Reporter und gab einen ausführlichen Bericht. Reporter Frohmer strahlte vor Begeisterung: »Oma flieht vor stürzendem Tannenbaum. Ein Verletzter, mehrere leicht Verletzte.« Das wird eine prima Heiligabend-Reportage! Als Hagen Reimer dem Reporter dann noch die Information gab, dass »die Oma« hauptsächlich aus Sorge um ihren kleinen Hund Mozart ausgebrochen war – sie hat Angst, dass die Familie ihn ins Tierheim gegeben hat –, wusste Frohmer sofort: Das wird ein Knüller! Jetzt brauchte er nur noch Adresse und Telefonnummer der Familie. Die bekam er ohne weiteres von Direktor Schirmacher mit dem schlagenden Argument: dass sein Blatt sich an der Suchaktion nach Kräften beteiligen würde – selbstverständlich ohne das Seniorenheim und seinen Leiter namentlich zu nennen.

*

Diesmal hielt der Peterwagen an. Ein Polizist und eine Polizistin stiegen aus. Murath hatte die Kurbel in der Hand und wollte wieder die Uhrfeder seines Autos aufziehen.

Die Polizistin beugte sich zu ihm herunter: »Guten Abend! Gibt es so was noch? Mit der Kurbel wollen Sie den Motor wieder anspringen lassen?«

Murath war erschrocken.

»Nur kleine Pause. Fahren gleich weiter.«

Der Kollege ging um das türkische Gemüseauto herum. Er konnte es kaum glauben: die Nuckelpinne hatte tatsächlich eine TÜV-Plakette. Er ging weiter herum und sah auf der Ladefläche einen zusammengeklappten Rollator liegen. Dann entdeckte er die Oma in dem kleinen Führerhaus. Unglaublich. Die Kiste ist doch gar nicht für Beifahrer zugelassen. Und da machte es Klick bei ihm.

»Renate«, rief er seiner Kollegin zu. »Ich glaube, wir haben einen Fang gemacht.«

Der Polizist klopfte einmal an die Tür, dann öffnete er sie von außen.

»Wir suchen doch eine alte Dame mit Rollator!« Und zu Helene: »Guten Abend! Können Sie sich ausweisen? Kann ich mal Ihren Personalausweis sehen?«

Helene war erschrocken und zornig zugleich. Verdammt, jetzt hatten sie sie doch noch zu fassen gekriegt.

»Lassen Sie mich zufrieden. Ich will zu meiner Familie!«

Murath kam dazu.

»Ich habe sie mitgenommen. Alte Frau sonst erfrieren.«

»Ihr linkes Rücklicht leuchtet nicht. Ihr Fahrzeug ist nicht verkehrssicher. Sie dürfen keine Personen befördern!«

»Alte Dame zu ihrer Familie. Aber Motor kaputt.«

»Sind Sie Frau Kreienbohm?«, fragte die Polizistin.

»Ja, wer denn sonst. Ich geh nicht wieder ins Heim zurück!«

»Sie werden aber vom Heim gesucht!«, sagte die Polizistin.

Und der Polizist: »Was machen Sie denn für Sachen, Oma? Sie sind mir ja eine ganze Schlimme.«

Da kam er bei Helene grade richtig.

»Ich bin nicht Ihre Oma. Ich bin Helene Kreienbohm. Sie müssen mit mir nicht wie mit einem kleinen Kind reden!«

»Entschuldigung! Warum sind Sie denn da weggelaufen, Frau Kreienbohm?«, fragte der Polizist. »Die sind im

Heim alle in großer Sorge und Aufregung um Sie. Wir müssen Sie dorthin zurückbringen!«

»In Sorge sind die bestimmt nicht. Die haben bloß Angst vor dem Walross!«

Murath schaltete sich ein.

»Entschuldigen, Herr Polizei. Tochter wohnen fünf Minuten weiter.«

»Hören Sie mal, meine Herren!«, rief jetzt Helene. »Ich bin zweiundachtzig Jahre alt. Das ist ja wohl alt genug, dass ich selbst entscheiden kann, wohin ich will. Ich bin nicht aus einem Gefängnis entflohen. Obwohl es mir schon so vorkam. Aber ich kann gehen, wohin ich will!«

Die beiden Polizisten gingen kurz beiseite. Murath nahm Helenes Hand: »Ich schuld mit meine böse Auto. Springt nicht an. Was sollen wir machen?«

Die Polizisten kamen zurück: »Gut, Frau Kreienbohm. Wir dürfen das eigentlich nicht. Wir bringen Sie jetzt erst einmal zu Ihrer Tochter. Ihrem Seniorenheim geben wir Bescheid. Einverstanden?«

»Lutterothstraße 26, Jessica und Manfred Mauersdorfer«, sagte Helene nur. Die beiden Polizisten halfen ihr beim Aussteigen und führten sie zum Peterwagen. Murath holte den Rollator und half, ihn in den Kofferraum des Polizeiautos zu legen.

Helene wollte Murath beim Abfahren winken, aber da stand der schon wieder vor seinem Wunderauto und drehte die Kurbel.

*

Klaus war in der leerstehenden Wohnung seiner Mutter gewesen. Da fiel ihm gleich das Hundekörbchen auf. Oh Gott, dachte er, wenn sie nach dem Hund fragt!

Er rief Jessica an: »Sie ist nicht zu Hause. Die Wohnung

ist saukalt. Hättest du da nicht mal ein bisschen die Heizung anstellen können?«

Jessica ging darauf nicht ein.

»Hier hat ein Journalist von der *Abendzeitung* angerufen. Wenn Oma gesund zurückkommt, fragt sie nach dem Köter. Ein Heiminsasse hat ihm verraten, dass sie so an dem Hund hängt und ihn uns in Pflege gegeben hat.«

»Ach, du großer Gott! Und jetzt?«

»Jetzt fährst du verdammt noch mal zu dem Tierheim und holst die Töle zurück. Ich möchte nicht erleben, was los ist, wenn sie merkt, dass wir ihn weggegeben haben!«

»Wie bitte? Ich soll jetzt da ganz raus fahren? Weißt du eigentlich, dass wir Heiligabend haben. Inge und Niklas warten zu Hause. Wir wollen auch Weihnachten feiern.«

»Du hast ihn weggebracht. Jetzt holst du ihn auch zurück!«

»Vielleicht kommt sie ja gar nicht wieder.«

»Bist du noch zu retten. Du meinst, wenn sie irgendwo liegt oder verunglückt ist, dann braucht sie auch den Hund nicht mehr?«

»Nein, ich meine: Wenn die Polizei sie wieder zurück ins Heim bringt, dann bleibt sie auch da, und dann braucht sie keinen Hund mehr!«

Jessica war total sauer. Sie war es zwar gewesen, die den Hund auf keinen Fall bei sich haben wollte. Sie hatte auch vorgeschlagen, ihn »vorübergehend« in ein Heim zu geben, solange ihe Mutter »vorübergehend« im Seniorenheim war.

Aber daran erinnerte sie sich jetzt nicht mehr: »Du fährst sofort los und holst den Hund aus dem Tierheim!«

»Ach, Scheiße! Na gut, ich versuch's!«

Sie hatte kaum ihr Handy weggelegt, da läutete es an der Tür.

Polizist und Polizistin hatten Helene Kreienbohm untergehakt.

»Wir haben gehört, Sie vermissen Ihre Mutter!«

Jessica hielt einen Freudenschrei für angebracht:

»Oh, Mutter! Da bist du! Wir sind so um Sorge um dich gewesen. Was machst du nur für Sachen!«

Die Polizistin hatte in der rechten Hand den Rollator und überreichte ihn Jessica. Jessica übernahm ihre Mutter und führte sie ins Wohnzimmer zum Tannenbaum.

Die beiden Polizisten mussten noch etwas Papierkram erledigen und gingen dann wieder: »Fröhliche Weihnachten!, wünschen wir Ihnen.«

»Ja, danke«, rief Jessica katzenfreundlich zurück. »Wie haben Sie meine Mutter denn nur gefunden?«

Aber da waren die beiden schon aus dem Haus.

»Ist Frederica nicht da?«, fragte Helene als Erstes.

»Nein, Oma, die ist doch ein ganzes Jahr in Kanada zum Schüleraustausch. Das haben wir dir doch erzählt.«

»Kanada? Ogottogott, was die Kinder heutzutage alles machen. Wollte sie nicht Weihnachten hier sein?«

»Mutter, ich mach dir jetzt erst einmal einen schönen heißen Tee. Auch mit Rum, wenn du möchtest. Du musst mir erzählen, wie hast du das bloß geschafft, aus dem Heim abzuhauen. Du kannst doch nicht richtig laufen. Und dann bei dem Schnee auf der Straße. Wie leicht hättest du da verunglücken können!«

Helene hatte sich immer wieder umgeguckt. Es war ihr sofort klar: Mozart war nicht da. Er hätte sofort ihre Stimme erkannt und wäre zu ihr gelaufen.

»Wo ist mein Hund?«

»Gleich, gleich, Mutter, lass mich doch erst mal das Wasser heiß machen.«

»Wo mein Hund ist, will ich wissen. Wo ist Mozart?«

»Ja, Mutter, also das ist so …«

»Das ist wie?!«, fiel Helene Jessica ins Wort. »Sag mir die Wahrheit! Ihr habt ihn weggegeben!«

»Nein, nein, Mutter. Es ist doch nur …«

»Oh Gott, ich halte es nicht aus! Wie kannst du so mit deiner Mutter umgehen. Sei doch ehrlich: Ihr habt mich ins Heim gesteckt und denkt, ich komme da nie wieder raus. Und dann brauch ich auch den Hund nicht mehr. Das ist es doch. Der arme Hund. Wieso tust du mir so etwas an!«

»Klaus hat ihn, Mutter. Er hat ihn sich ausgeborgt. Sie wollten ihn über Weihnachten nehmen, Mutter.«

»Ausgeborgt? Klaus hat sich den Hund geholt? Wenn das man stimmt.«

»Wieso denkst du immer, dass ich nicht die Wahrheit sage?«, fragte Jessica und dachte gleichzeitig: »Um Himmels willen, wenn Klaus ihn nicht bringt, dann kriegt sie einen Herzschlag. Ich werde noch verrückt.«

Ihr Handy grummelte. Eine Whatsapp von Klaus: »War beim Tierheim. Kein Personal da. Nur der Pförtner. Mozart nicht mehr da. Heute abgeholt worden von fremdem Mann.«

Jessica brach schon der Angstschweiß aus. Sie stellte einfach mal das Radio an, um Weihnachtslieder zu spielen. Dann setzte sie sich wieder zu ihrer Mutter.

»Nun, sag doch mal, Mutter, wie war denn das? Wie bist du aus dem Heim rausgekommen …?«

»Laber mich nicht voll, Jessica. Und stell die Weihnachtslieder ab. Ich will nicht ›O, du fröhliche hören‹ wenn du den Hund weggegeben hast. Weiß überhaupt Frederica davon?«

»Wovon denn Mutter? Sie ist doch in Kanada. Mozart ist … Er ist bei Klaus!« Es wurde immer schlimmer. Es würde ja doch rauskommen. Also gab sie sich einen Ruck: »Mutter, es hilft ja nichts, es dir länger zu verheimlichen. Wir haben wirklich gedacht, es wäre so am besten für dich. Ja, wir haben deinen Mozart … Mutter, was ist denn?«

Es sah aus, als würde Helene einen Schlaganfall bekommen.

Sie sagte nichts. Sie hatte nur einen offenen Mund, starrte ihre Tochter an und begann am ganzen Körper zu zittern.

Jessica wusste nicht, was sie machen sollte.

»Soll ich einen Arzt rufen, Mutter?«

»Dich soll der Teufel holen!«, schrie Helene Kreienbohm, die keineswegs einen Schlaganfall bekommen hatte. Sie hatte einen Wutanfall:

»Dich sollte man mal in ein Heim stecken, du egoistisches Biest du! Hast du jemals jemanden wirklich geliebt? Wo ist Manfred? Ist er auch abgehauen? Ich habe mich so auf meinen kleinen Freund gefreut. Aber ich wusste, dass ihr ihn weggegeben habt. Darum bin ich aus dem Heim weg. Oh, Mozart. Mein kleiner Mozart!«

Jetzt liefen ihr die Tränen übers Gesicht. Jessica wollte ihr ein Taschentuch reichen.

»Lass mich!«, rief Helene und stieß sie von sich. »Da will ich lieber wieder in mein Gefängnis zurück, als bei dir zu bleiben …«

Ein Lärm entstand draußen vor der Haustür. Fremde Stimmen.

»Das wird Manfred sein«, rief Jessica. »Er hat noch einen Kunden besucht.«

Dann ein helles Licht – auf die Haustür gerichtet.

Was hatte das zu bedeuten? Jessica öffnete die Haustür. Eine starke Lampe blendete sie.

»Holen Sie doch bitte mal, Frau Kreienbohm an die Tür!«, rief eine Stimme. Hinter der Lampe tauchte ein Fotograf auf. Dann trat

ein Mann mit grünem Parka und einer Sportmütze auf sie zu: »Guten Abend! Sie sind die Tochter von Frau Helene Kreienbohm? Ich komme von der *Hamburger Abendzeitung*. Hat die Polizei Ihnen Ihre Frau Mutter schon gebracht?«

»Ja, sicher. Was ist denn los?«

»Nichts Schlimmes. Eine tapfere Frau. Wir möchten gern ein Foto von Ihnen machen. Wir haben auch etwas mitgebracht. Eine Überraschung. Könnten Sie Ihre Mutter bitte einmal an die Tür holen?«

»Was denn für eine Überraschung?«, fragte Jessica misstrauisch.

»Auf vier Beinen!«

»Oh Gott, ja!«, rief Jesica und holte, so schnell es ging, Helene an die Tür.

Da stand der Reporter und hatte Mozart auf dem Arm. Der stieß ein lautes Jaulen aus, strampelte sich frei und sprang sofort auf Helene los. Fast hätte er sie mitsamt dem Rollator umgeworfen. Er sprang an ihr hoch, leckte ihr die Hand und winselte vor Freude.

Ein Blitzlichtgewitter vom Fotografen.

Reporter Walther Frohmer umarmte Helene:

»Frohe Weihnachten, Frau Kreienbohm. Die *Hamburger Abendzeitung* erlaubt sich, Ihnen Ihren geliebten Hund zurückzubringen.«

Das würde ein herzanrührendes Foto geben: Mutter und Tochter, *Abendzeitung* und Weihnachten – im Hintergrund sah man den Tannenbaum. Und aus dem Radio kam von hinten Jingle Bells.

Helene wusste überhaupt nicht, was sie sagen sollte.

Jessica war total erleichtert und ergriff die Initiative: »Siehst du wohl, Mutter! Das Ganze sollte doch eine Überraschung für dich sein!«

Frohmer zoge Jessica beiseite: »Sie müssten bitte hundert Euro bezahlen – für den Pförtner vom Tierheim, verstehen Sie? Sonst hätte er mir den Hund nicht ausgehändigt. Und unterschreiben Sie bitte hier, dass Sie mit der Veröffentlichung einverstanden sind.«

Alle waren glücklich: Jessica, weil ihre Hundeabschiebung nun doch ein gutes Ende genommen hatte. Helene war glücklich, weil sie ihren Mozart wiederhatte.

Am glücklichsten von allen aber war Mozart. Er legte sich Helene zu Füßen und dachte wahrscheinlich an seinen Käfig im Tierheim. Er konnte ja nicht wissen, dass Hunde in Hamburg nicht gleich erschlagen werden, wenn sie keiner mehr haben will.

»Oma gibt nicht auf!« war die Überschrift in der *Abendzeitung* am Samstag nach Weihnachten. Und wer die Story las, dem kamen die Tränen.

Die rote Tasche

»Ich will keinen Weihnachtswunschzettel von dir«, habe ich meiner Frau gesagt. »Es soll schließlich eine Überraschung sein, und ich möchte selber herausfinden, was dir Freude macht.«

Also höre ich in der Vorweihnachtszeit einfach heimlich, aber aufmerksam zu, wenn sie zum Beispiel mit einer ihrer Freundinnen telefoniert:

»Oh Kathrin, ich habe da eine Ledertasche im Fenster gesehen in diesem schicken englischen Laden, weißt du. Aber viel zu teuer ...«

Den schicken englischen Laden kenne ich. Wir haben schon öfter davorgestanden. Ich betrete also den Laden.

»Ich suche eine Handtasche für meine Frau. Könnten Sie mir wohl zeigen, was Sie da haben?«

Die Verkäuferin lächelt mich merkwürdig an. »Aber gern«, sagt sie und zeigt mir drei Handtaschen. Ich sage: »Ich nehme die schwarze.«

»Ach, nein, Herr Scheibner«, sagt die Verkäuferin, »nehmen Sie lieber die rote.«

»Nein«, sage ich, »die schwarze gefällt mir aber besser.«

»Ja, aber Ihre Frau hat nämlich gesagt –«

»Interessant«, unterbreche ich. »Meine Frau war also schon hier und hat sie sich schon ausgesucht?«

»Entschuldigung«, sagt die Verkäuferin. »Das durfte ich wohl nicht verraten. Aber Ihre Frau hat gesagt, Sie würden ganz bestimmt kommen. Und ich soll mich nicht überreden lassen, Ihnen eine andere Tasche zu verkaufen.«

Unglaublich! Unerhört! Was sagt man dazu! Heiligabend war Verena dann natürlich auch total überrascht: »Nein, woher wusstest du, dass ich diese Tasche so schön finde?! Wie kommst du denn darauf? Und auch noch in Rot. Wie mutig von dir.«

»Kein Problem«, sage ich. »So was hab ich einfach im Gefühl.«

Gesa packt ihre Geschenke nicht aus

»Gesa, bitte! Nun pack doch mal deine Geschenke aus!«

Jeden Weihnachten dasselbe Theater unterm Tannenbaum. Großmutter, Mutter, Vater und Geschwister, alle wickeln sie ihre Geschenke aus. Es raschelt und knistert, die Bänder und Schleifen fliegen auf den Fußboden und von allen Seiten Entzückensschreie: »Oh, wie schön! Oh, da freu ich mich ja!« Oder richtig dramatisch: »Nein! Nein, das glaube ich ja nicht! Genau das Seidentuch, das ich mir gewünscht habe!« Und rundum Dankesbekunden und Umhalsungen: »Oma, woher wusstest du denn? Oma, das ist ja großartig. Ich danke dir, ich danke dir!« Alles bedankt sich beieinander, und alle stehen dabei knietief im ausgewickelten Einwickelpapier. Jeder läuft zu jedem und gibt seine Freude kund. Manchmal fragt die eine Schwester die andere: »Na, hab ich deinen Geschmack getroffen? Freust du dich?« Und alles freut sich. Nicht einer sagt: »Nee, find ich ganz doof. So was wollte ich nicht haben.« Denn es ist ja Weihnachten, Liebe unter den Menschen und Friede auf Erden.

Nur Gesa. Diese verflixte Gesa! Sieht sich den ganzen Trubel in Ruhe an, strahlt auch über das ganze Gesicht und freut sich offenbar auch. Aber worüber denn? Sie packt ja ihre Geschenke nicht aus! Fünf oder sechs unterschiedliche Pakete liegen vor ihr, liebevoll eingewickelt, goldene, grüne und rote Schleifen dran. Aber Gesa rührt keinen Finger.

Das können die anderen nur ganz schwer ertragen. »Gesa, was hast du geschenkt bekommen?«

»Weiß ich noch nicht.«

»Dann pack doch endlich mal deine Geschenke aus.«

»Ach nein, noch nicht. Ich warte noch ein bisschen.«

»Ich möchte aber wissen, ob du dich freust über mein Geschenk!«, ruft die kleine Maja.

Julia wird sogar richtig ärgerlich:

»Alle haben sich so viel Mühe gegeben, die Geschenke für dich einzupacken, und du wickelst die nicht mal aus!«

»Nein, noch nicht«, sagt Gesa. »Ich bring sie erst mal in mein Zimmer.«

Und tatsächlich: Sie hat den Nerv, nimmt ihre eingewickelten Geschenke und trägt sie in ihr Zimmer. Und Gesa lässt sich nicht beirren.

»Ich möchte jedes einzelne Geschenk genießen, möchte es in Ruhe betrachten. Ich kann mich doch nicht über sechs Geschenke gleichzeitig freuen! Und außerdem: Solange ein Geschenk verpackt ist, eingewickelt in buntes Papier, solange enthält es ein Geheimnis. Es gehört mir schon, aber ich weiß noch nicht, was es ist. Das steigert doch die Spannung. Ich freue mich auch allein schon darüber, wie liebevoll es eingewickelt ist, und stelle mir vor, wie viel Mühe ihr euch gegeben habt. An dem einem hängt noch ein kleines Eichhörnchen aus Holz dran oder ein goldener Tannenzweig. Die kann ich doch nicht einfach abmachen und weglegen. Die muss ich auch betrachten und mich darüber freuen. Ihr mögt es glauben oder nicht: Am Anfang, wenn ich mit meinen Geschenken allein bin, möchte ich am liebsten überhaupt keines auspacken. Ich bin doch schon glücklich, dass ich überhaupt so viel geschenkt bekommen habe.

Dann beginne ich natürlich doch mit dem Auspacken – aber jedes Mal kommt es mir vor, als würde ich das Paket entzaubern. Ich hatte ja gehofft, dass sie mir diese wunderschöne Kette schenken, die ich im Urlaub gesehen hatte. Aber nun ist sie wirklich da! Ihr sagt vielleicht: Ich spinne – aber ich will mich eben immer zweimal freuen: einmal über das eingewickelte Geschenk – und erst danach dann über den Inhalt.«

Wenn Gesa am Heiligen Abend mit ihren Geschenken in ihrem Zimmer verschwunden ist, kommt sie auch fürs Erste nicht wieder. Und wenn sie dann kommt, kann es passieren, dass sie sagt: »Ich hab noch gar nichts ausgewickelt. Wenigstens bis morgen will ich die Vorfreude noch genießen.«

Ja, das ist Gesa, die ihre Geschenke nicht auswickelt. Einmal hat sie ein Geschenk von Oma zuerst noch oben auf ihrem Kleiderschrank versteckt, um es erst am ersten Weihnachtstag auszupacken. Da ist ihr dann wohl irgendetwas dazwischengekommen. Jedenfalls kam sie einmal am Heiligen Abend herein, gab Oma einen Kuss und sagte:

»Ach, Oma, so ein schönes Portemonnaie! Ich freue mich! Ich danke dir!«

»Portemonnaie?«, fragte Oma. »Das war doch im vorigen Jahr!«

»Ja, ich weiß. Ich habe es eben erst ausgepackt.«

Immer so plötzlich

Der Herbst ist da. Das Laub, es fällt,
Im Nebel liegt die ganze Welt.
Du willst noch lange Wege wandern,
Von einem Wanderweg zum andern.
Da kommt dir schon auf allen Wegen,
Maria mit dem Kind entgegen.
Und alles rennt und stresst und hetzt sich!
Weihnachten kommt immer so plötzlich.

Drei Tage bis zur Heil'gen Nacht,
Das Wohlgefallen wird gebracht.
Im Einkaufszentrum allerdings
Herrscht Krieg und Krach und Chaos rings,
Als ob die wack'ren Festtagschristen
Verhungern und verdursten müssten.
Dann stopft und mampft und frisst man fett sich:
Weihnachten kommt immer so plötzlich.

Da liest du grad noch ein Gedicht
Von Weisheit, Ruhe und Verzicht,
Da hörst du schon, du sollst dran denken,
Was Teures deiner Frau zu schenken.
Doch Heiligabend, jetzt wird's eng:
Du hast noch immer kein Geschenk.
Und du erfährst schon wieder: Letztlich
Weihnachten kommt immer so plötzlich.

Doch Engelssang und Glockenklang,
Die dauern nur zwei Tage lang,
Dann kommt auch schon das neue Jahr,
Kein Mensch singt mehr Hallelluja.
Schnell tauscht man die Geschenke um,
Da draußen macht es Bumm-Bumm-Bumm.
Doch im nächsten Dezember, Leute, schätz ich:
Kommt Weihnachten wieder so plötzlich!

Der Weihnachtsmann bei der Patchworkfamilie

Auszug aus dem Rechenschaftsbericht des Weihnachtsmannes.

Bekanntlich hatte der hauptamtliche Weihnachtsmann vor einigen Jahren Schwierigkeiten mit seiner vorgesetzten Behörde. Ihm wurde damals vorgeworfen, er sei schuld an der Profanisierung des Weihnachtsfestes. Dass die Menschen auf der Erde vor Weihnachten nur noch im Stress leben und die frohe Botschaft nicht mehr hören, habe der Weihnachtsmann mitzuverantworten, weil er den Geschenkewahnsinn noch unterstützt. Es gäbe zu Weihnachten keinen einzigen frohen Menschen mehr auf der Erde. Der Weihnachtsmann bestritt dies jedoch entschieden. Er wisse noch von vielen Menschen, die zu Weihnachten noch von Herzen fröhlich sind.

Daraufhin bekam er eine letzte Chance. Richter Oberengel sprach zu ihm:

»Zeige uns, alter Weihnachtsmann,
wer noch zu Weihnachten fröhlich sein kann.
Wenn nur einer sagt, ohne zu zögern: »Wieso?
Weihnachten bin ich ganz einfach nur froh«,
so kannst du fürs Erste noch deinen alten
Weihnachtsmann-Außendienst-Posten behalten.
Kommst du aber ohne die Antwort heim,
setzen wir einen anderen Weihnachtsmann ein.«

Der gute, alte Weihnachtsmann suchte den frohen Menschen überall: Im Supermarkt, bei den Vegetariern, auf der Reeperbahn – zum Schluss fand er sogar einen: eine Mutter, die allerdings sagte, sie sei so froh – wenn Weihnachten erst mal vorbei wäre ...

Auf dieser Tour besuchte der Weihnachtsmann auch eine Patchworkfamilie. Immer in der Hoffnung, hier einen oder mehrere frohe Menschen zu finden. Hier sein Bericht:

Nachdem ich im Einkaufszentrum eine Enttäuschung erlebt hatte, dachte ich: Na gut, wenn die normalen Bürger nicht glücklich sind, muss ich mich wohl mal bei den nicht ganz so normalen umsehen. In meiner Kartei entdeckte ich eine rosa Karte mit Ausrufezeichen. Langhammer-Weinrich heißen die. Patchworkfamilie. Was soll das wohl heißen? Kenne ich nicht, Patchwork. Aber dahinter stand: besonders kinderlieb, Probleme gewöhnt, drei Mütter, sehr viel Familiensinn. Oha, denke ich: Drei Mütter. Merkwürdig. Aber: Familiensinn. Die werden sich mit Weihnachten auskennen und auch noch fröhlich sein!

Ich also los. Eine gute Wohngegend, Erdgeschosswohnung im Neubau. Im Treppenhaus stehen bei den Fahrrädern zwei Kinderräder und eine Babykarre. Ich läute. Eine junge Frau in Jeans und Pullover, ziemlich mager, macht die Tür auf. Aber noch bevor ich meinen Spruch aufsagen kann, hält sie schon abwehrend die Hände hoch: »Um Gottes willen, wo kommst du denn her? Du weißt doch, dass du nicht hierherkommen darfst.«

Ich sage: »Von drauß› vom Walde komm ich her, ich muss euch sagen ...«

»Eine Unverschämtheit von dir! Mach dass du wegkommst! Du weißt, ich will dich nicht wiedersehen!«

Sie will schon die Tür zuschlagen, da kommt ein kleiner Junge hinter ihrem Bein hervor, so vier oder fünf Jahre alt.

»Der Papa ist da!« Er ruft gleich nach hinten: »Sandra, Papa ist gekommen!«

Ich sage wieder mit tiefer Stimme: »Ich bin nicht dein Papa, mein Kleiner. Ich bin St. Nikolaus. Vom Himmel hoch, da komm ich her!«

Die Mutter will endgültig die Wohnungstür zumachen, aber der kleine Junge drängt sich raus und umfasst mein Bein.

»Papa hierbleiben!«, sagt er.

»Ich werd verrückt!«, ruft die Frau. Dann taucht eine zweite, nicht mehr ganz so junge Frau neben ihr auf.

»Was ist denn, Christiane?«, fragt sie und sieht mich an. »Wieso denn ein Weihnachtsmann?«

»Ach, Anja das ist mal wieder Gregor! Er versucht es schon wieder!« Dann tritt sie aber näher an mich heran und sieht mir tief in die Augen.

»Oh, Entschuldigung!«, sagt sie. »Tut mir leid. Ich habe Sie für Gregor, meinen Exmann, gehalten. Im vorigen Jahr ist er hier auch als Weihnachtsmann aufgekreuzt. Aber er hat kein Besuchsrecht für Adrian.«

Da fängt der kleine Junge an meinem Bein an zu weinen:

»Du bist ja gar nicht Papa!«

»Entschuldigen Sie«, sage ich zu der Frau, die Christiane heißt. »Ich bin tatsächlich der echte Weihnachtsmann. Ich bin im Auftrag von ganz oben hier ... Darf ich?«

Die beiden Frauen lassen mich in das Wohnzimmer. Da spielen noch ein Junge und zwei Mädchen auf dem Boden und bauen gerade eine Eisenbahn aus Holz zusammen. Aber jetzt staunen sie nur und sehen zu mir auf. Adrian weint noch immer. Die Mutter nimmt ihn auf den Arm.

Ich sage: »Also, ich sagte ja schon: Ich komme von der

himmlischen Behörde. Ich soll mir einen Eindruck verschaffen, ob es noch frohe Menschen zu Weihnachten gibt.«

»Christiane, das ist einer von der Behörde!«, ruft die Frau, die Anja heißt. Und zu mir: »Sie wollen uns ausspionieren, nicht wahr? Ob unsere Kinder vielleicht schon verwahrlost sind. Aber das sind sie nicht, wie Sie sehen! Wir haben das voll im Griff. Wir brauchen auch keine Hilfe und keine Ratschläge und schon gar keine Überwachung von irgendeiner Behörde. Kümmern Sie sich lieber um die Unterschichtenkinder. Aber da warten Sie ja immer so lange, bis die Eltern sie totgeschlagen haben …«

Um Gottes willen, was ist denn jetzt los?, denke ich. Ich suche doch nur einen fröhlichen Menschen. Ich sage:

»Glauben Sie mir: Ich komme wirklich vom Himmel her. Der Oberengel sagte zu mir …«

»Oder wollen Sie uns was verkaufen?«, fragt die Christiane.

Da stellt sich das kleine Mädchen vor mich hin, sie ist etwa sechs oder sieben Jahre alt. Sieht mich frech und herausfordernd an: »Es gibt gar keinen Weihnachtsmann!«

»Bist du das Schwesterchen von Adrian?«, frage ich noch nett.

»Nein«, sagt sie. »Adrian ist nur mein Stiefbruder. Sein Papa ist nicht mein Papa!«

»Du bist nur verkleidet«, sagt der zweite Junge, der dazu kommt, »dein Bart ist angeklebt. Alles gelogen!«

»Und wer ist deine Mutter?«, frage ich.

»Weiß ich nicht. Ist mir auch egal«, sagt er. Und ohne ein Wort zieht er frech an meinem Bart. Das tut natürlich weh. Ich sage: »Au! Was machst du denn!«

Da lacht das andere, etwas ältere Mädchen. »Norbert hat gar keine Mutter.«

Die Frau, die mir die Tür aufgemacht hat, Christiane, geht dazwischen und sagt halblaut zu mir: »Ich bin nur seine Stiefmutter. Aber was wollen Sie denn eigentlich bei uns?«, fragt sie mich.

Die zweite Frau, die Anja, kommt mit irgendwelchen Papieren, die sie mir zeigen will: »Es hat alles seine Ordnung«, sagt sie, »Adrian ist der Sohn meines Lebensgefährten. Und das kleine Mädchen dort ist Leila, die wollen wir adoptieren. Der Antrag läuft noch. Aber wie Sie sehen …«

Mir wird ganz schummrig.

In dem Augenblick kommt eine dritte junge Frau aus dem Nebenzimmer. Sie hat sehr rote, geschminkte Lippen und tiefe schwarze Ränder unter den Augen. Sie macht ihr Handy aus und schluchzt.

»Ich fasse es nicht. Ich fasse es nicht!«

»Was ist los, Leonore?«, fragt die erste Frau.

Leonore weint, sie schluchzt noch einmal ganz laut auf.

»Dieser Schuft! Sie haben ihm das Sorgerecht für Lukas zugesprochen. Die hat er alle nur mit seinem Geld gekauft!«

Im selben Augenblick sieht sie mich. Ich stehe noch immer ganz ratlos im Zimmer. »Und was will der hier? Was macht dieser Weihnachtskasper hier bei uns!« Dann geht sie richtig auf mich los. »Unterstehen Sie sich!«, ruft sie immer noch halb unter Tränen. »Wagen Sie es nicht, hier wieder Ihre Geschenke auszupacken. *Er* hat Sie doch geschickt! Was haben Sie diesmal dabei für meinen Sohn? Einen Laptop? Ein Tausend-Euro-Keyboard oder was?«

»Aber nein, meine Tochter«, sage ich, »ich bringe euch die Frohe Botschaft –«

»Ich bin nicht Ihre Tochter! Hauen Sie ab mit Ihrer Frohen Botschaft. So macht er es immer. Der Junge wartet ja schon die ganze Zeit auf den Weihnachtsmann mit den teuren Geschenken von seinem Vater.«

Inzwischen ist ein größerer Junge hereingekommen. Er hat Piercings in der Nase und in den Ohren.

»Pack aus, Alter!«, sagt er. »Pack deinen Sack aus! Was hast du mitgebracht!«

»Lukas, geh in dein Zimmer«, ruft die Weinende. »Ich befehle dir, geh in dein Zimmer!« Und zu mir: »Er ist der Sohn seiner verflossenen Geliebten, verstehen Sie? Markus und ich – also wir haben zusammen gelebt. Er hat Lukas aus seiner Beziehung mit Kathrin. Die ist in der Anstalt auf Entzug. Markus und ich haben Lukas drei Jahre übernommen. Jetzt hat Markus wieder eine Neue, und ich wollte Lukas bei mir behalten. Sie sehen doch, dass er mich braucht. Aber Ihre Behörde will, dass der arme Junge bei seinem Adoptivvater bleibt, obwohl der alle Augenblicke ein neues Flittchen hat ...«

Ich komm nicht mehr hinterher. Ich sage: »Halt! Halt! Ich bin doch nur der Weihnachtsmann. Drauß' vom Walde komm ich her!«

»Es gibt keinen Weihnachtsmann!«, ruft das kleine Mädchen wieder dazwischen.

»Also hören Sie mal«, sagt Anja und stellt sich direkt vor mich hin: »Veralbern lassen wir uns nicht. Entweder sagen Sie uns jetzt, woher Sie kommen ...«

»Vom Himmel hoch, da komm ich her ...«

»Jetzt reicht's!«, ruft Anja.

»Sie sind gar nicht von der Behörde?«, ruft Leonore.

»Wir brauchen keinen Mann. Auch keinen Weihnachtsmann!«, ruft Christiane.

Und Anja: »Verlassen Sie unsere Wohnung!«

»Bitte gehen Sie, und lassen Sie uns zufrieden. Jetzt

können wir wieder zusehen, wie wir den Kindern das erklären.«

Ich versuche es noch einmal und frage: »Dann sind Sie wohl auch nicht sehr fröhlich zum Weihnachtsfest?«

Da hält Christiane schon die Wohnungstür auf.

»Raus!«

Das kleine Mädchen, das mit dem frechen Mädchen gespielt hat, kommt noch herbei und fragt: »Aber warum ist denn der Bart von dem Onkel nicht angeklebt, Mama?«

Da schlägt schon die Tür hinter mir zu – und ich stehe wieder im Treppenhaus.

Patchworkfamilie: ein Flop, schreibe ich in die Kartei.

Und nun? Wo finde ich ihn – den frohen Menschen?

Weihnachten antizyklisch

»Warum sind die Weihnachtsbäume eigentlich immer so teuer?«, fragt meine Frau. »Und die Preise steigen auch noch von Jahr zu Jahr!«

»Das liegt ganz einfach an Weihnachten«, sag ich. »Das ist die freie Marktwirtschaft, Angebot und Nachfrage. Nur weil Weihnachten vor der Tür steht, werden die Weihnachtsbäume teurer.«

»Ja, die Händler nutzen das aus«, sagt meine Frau. »Wenn man sich da beschwert, sagen die doch ganz kalt: »Dann warten Sie doch bis nach Weihnachten – da sind die Bäume wieder billiger.«

»Augenblick mal«, sage ich, »warum nehmen wir die nicht einfach beim Wort? Warum können wir nicht Weihnachten einfach mal in unserer Familie um vierzehn Tage verschieben? Meinen Geburtstag feiern wir ja schließlich auch öfter mal eine Woche später, weil ich nicht zu Hause bin. Das hätte doch enorme Vorteile: Am ersten Weihnachtstag liegen die nichtgekauften Tannenbäume einfach auf der Straße herum. Da kosten sie gar nichts mehr. Wir müssen eben schlau und antizyklisch reagieren.«

Mal ehrlich: Jedes Jahr nach Weihnachten ärgert meine Frau sich über die herabgesetzten Preise. »Guck mal hier«, sagt sie dann, »die gleiche Ledertasche, die wir Raffaela gekauft haben, ist jetzt 100 Euro billiger! So eine Gemeinheit!«

»Ist doch unsere eigene Schuld«, sage ich. »Warum haben wir sie vor Weihnachten gekauft? Übrigens: Weihnachtstollen, Schokoladen-Weihnachtsmänner, Weihnachtspapier, Spekulatius – alles, alles viel günstiger.«

»Ja, aber, das bringen wir ja doch nicht fertig«, sagt meine Frau. »Weihnachten erst nach Weihnachten feiern. Alle Freunde und Verwandten feiern Weihnachten, und nur wir sind noch nicht so weit.«

»Das müssen wir eben aushalten. Und unsere Freunde auch. Die kriegen dann ihre Geschenke auch erst nach Weihnachten.«

»Ach Unsinn«, sagt meine Frau, »das ist doch alles nur graue Theorie. Das schafft keiner von uns. Gegen diese gewaltige Weihnachtsstimmung, die jedes Jahr hereinbricht, kommt man einfach nicht an. Da kann man nichts machen.«

»Na, gut«, sage ich, »dann müssen wir eben in Bezug auf Tannenbaumpreise eine andere Strategie anwenden. Sieh es doch mal so: Der Preis eines Tannenbaums hängt auch mit seiner Nutzungsdauer zusammen. Also, wenn wir den Baum gleich nach Weihnachten wieder auf die Straße werfen, dann stand er ja nur vier Tage bei uns. Wenn wir ihn aber zum Beispiel bis zu den Heiligen Drei Königen stehen lassen, dann steht er immerhin schon 14 Tage – und wird pro Tag immer billiger. Und schon fällt uns Tante Milla ein. Du weißt doch, die berühmte Tante Milla aus Heinrich Bölls berühmter Weihnachtsgeschichte. Tante Milla wollte sich überhaupt nicht mehr von ihrem Tannenbaum trennen. Bis in den Sommer hinein feierte sie jeden Abend wieder Weihnachten und der Engel sang dazu von der Christbaumspitze ›Friede auf Erden‹! Die Familie hat zwar sehr gelitten. Aber umgerechnet auf den Tag kostete der Baum praktisch gar nichts mehr!«

Brötchen holen

Am Tag vor Heiligabend will ich es endlich einmal schaffen, mit der Familie in Ruhe zu frühstücken. Also bin ich extra früher aufgestanden, um die Brötchen und den schon bestellten Weihnachtsstollen zu holen. Es wird zwar etwas knapp, weil ich um 9:30 Uhr zum Sender muss, eine Weihnachtsgeschichte vorlesen. Aber das dürfte kein großes Problem sein. Und ich weiß natürlich genau, wie viele und welche Brötchen ich kaufen will: zwei Schokobrötchen für die Kinder, ein Croissant für Susanne und zwei Brötchen, Wecken oder Rundstücke für uns beide und außerdem den bestellten Stollen.

Da ist auch schon der Bäckerladen. Und die Fußgängerampel zeigt Grün. Na bitte. Auf der anderen Straßenseite wartet noch einer, der auch nach Brötchenholen aussieht. Aber der kriegt kein Grün mehr, keine Chance, der muss noch den Verkehr abwarten. Also – forschen Schrittes rein in den Bäckerladen. Aha, da stehen schon Kunden. Allerdings nicht besonders viele. Eins, zwei, drei, vier, fünf Kunden. Das ist zu schaffen, das kann nicht so lange dauern. Allerdings: Die Bäckersfrau ist wieder mal die einzige Verkäuferin heute Morgen. Wann stellen die endlich mal eine Aushilfskraft ein. Die brauchen dringend eine Service-Personal-Evaluation.

Aber egal. Es duftet so schön im Laden. Die Kundin an Position 1 hat schon gezahlt und strebt, beide Arme voller Tüten, dem Ausgang zu. Froh und dynamisch, wie ich immer noch bin, halte ich ihr die Ladentür auf, in der jetzt auch der Herr von der anderen Straßenseite auftaucht, den ich, clever und immer auf Draht, vorhin abgehängt habe. Also: zwei Schokobrötchen für die Kinder, ein Croissant für Susanne und zwei Brötchen, Wecken oder Rundstücke für uns beide und nicht vergessen: den bestellten Stollen.

In diesem Augenblick bemerke ich: Die Bäckersfrau steht fast regungslos hinter der Ladentheke. Sie sieht den Herrn in der Freizeitjacke vor sich freundlich an. Und was macht der?

Er fasst sich sinnierend ans Kinn und sagt: »Hmm.«

Wie bitte, was soll das denn? Was macht der da? »Hmm«, sagt er wieder. Und fügt nachdenklich hinzu: »Was nehm ich denn mal?«

Nicht zu fassen, nicht zu glauben! Der fängt jetzt erst an zu überlegen. Um Gottes willen, wie lange soll denn das dauern?

»Ich muss nur erst mal wissen, wie viele Brötchen«, sagt die Bäckersfrau. »Wegen der Tüte. Ob große oder kleine.«

»Hmm«, sagt die Freizeitjacke – »warten Sie mal ...« – Warten Sie mal? Hat er tatsächlich »Warten Sie mal« gesagt? Der ist wohl verrückt geworden! Ich hab keine Zeit zum Warten!

Aber da scheint eine Entscheidung zu fallen: »Die hellen Brötchen hier vorne«, sagt er, »sind das dieselben wie die hellen da hinten?«

»Ja, das sind beides unser Knackfrischen – das sind dieselben.«

»Na gut, dann geben Sie mir mal so ein Knackfrisches – aber von da hinten.«

Die Bäckersfrau, ohne etwas einzuwenden, holt mit der Zange ein Knackfrisches von da hinten und eilt zurück.

»Ach wissen Sie«, sagt die Freizeitjacke, »ich glaub, ich nehm gleich zwei.«

Die Bäckersfrau wagt es nicht, das zweite Knackfrische von hier vorn zu nehmen. Sie springt wieder zur Seite und holt auch das zweite Brötchen von da hinten.

»Hmm«, sagt er wieder. »Ihre Körnerbrötchen da …« Er zeigt auf einen anderen Korb, »was sind denn das für Körner da außen drauf auf den Brötchen?«

Die Bäckersfrau sieht kurz auf zu den anderen wartenden Kunden, bleibt aber ruhig und freundlich. »Das sind Roggenkörner und Sonnenblumenkörner und auch etwas Gerste …«

»So, so«, sagt die Freizeitjacke. »Und ganz bestimmt keine Leinsamen?«

»Nein, nicht, dass ich wüsste.«

»Ich vertrage nämlich keine Leinsamen. Ich glaube, ich habe eine Allergie gegen Leinsamen. Zeigen Sie doch bitte mal.«

Die Bäckersfrau atmet tief, dann holt sie mit der Zange ein Körnerbrötchen aus dem Korb und hält es dem Kunden entgegen. Aber er hat schon etwas Entsetzliches entdeckt: »Da sind ja auch noch unten Körner dran! Unter dem Brötchen. Also nein, das ist zu viel. Bitte nein. Dann lieber die Dunklen ohne Körner.«

»Gern. Wie viele?«

»Hm. Tja. Meihild hat neulich gesagt, sie mag die gerne. Und Thomas wollte sogar zwei. Ach Gott, dann geben Sie mir ruhig vier, nein, drei genügen. Drei ist genug.«

Uff! Ich könnte ihn … Das reicht jetzt! Das ist ja furchtbar, das muss ich mir nicht gefallen lassen! Hören Sie mal, Sie Schlafwagenschaffner, würden Sie gefälligst Ihr Brötchen-Casting etwas abkürzen?!, will ich grade rufen, da wird auf einmal die Bäckereitür von außen aufgerissen:

Ein Mann im Trainingsanzug kommt hereingestürmt,

als würde er verfolgt, etwa fünfzigjährig, mit rotem Kopf und blonden Reststrähnen.

Was ist denn das für einer? Mit wiegendem Schritt eilt er an der Schlange vorbei und späht auf die Backwarenauslagen hinter der Theke. Der ist ja wohl geisteskrank! Der kann doch hier nicht einfach vordrängeln. Halt, halt … Aber …

Das tut er auch gar nicht. Nein, er läuft nur mit wiegenden Schritten die Theke ab wie Wallenstein vor der Schlacht, wenn er seine Soldaten zum Kampf versammelt. Mit ernstem Kontrollblick besichtigt er die Kopenhagener, die Marzipanschnecken, die Bienenstiche, die Butterkuchen der Auslage, als ob er prüfen müsste, dass sich auch alle an ihrem Posten befinden. Und dann, völlig unbegreiflich, stellt er sich plötzlich ganz gesittet und normal ans Ende der Schlange.

Uff!

Einen Augenblick hat dieser Auftritt mich abgelenkt. Aber was ist jetzt mit der Freizeitjacke? »Nein«, sagt die gerade, »dann nehmen Sie zwei Körnerbrötchen wieder raus aus der Tüte …«

Wie bitte? Was ist los?! Ich glaub, jetzt platz ich aber wirklich!

»Die runden Weizen, kosten die eigentlich auch fünfzig Cent?«

»Ja, fünfzig Cent«, sagt die Bäckersfrau.

»Also gut, dann nehm ich die.«

»Ist das jetzt alles?«

Wehe, wenn nicht! Ich schlag dir von hinten mit der Tasche auf die Rübe.

»Ja, das ist alles«, sagt die Freizeitjacke. Nicht nur ich atme auf – die ganze Reihe scheint wiederbelebt zu sein.

Die Bäckersfrau hat an der Kasse alles summiert: »Vier

Euro zehn«, sagt sie, da – ja, Sie haben es erraten –, da fällt der Freizeitjacke noch was ein.

»Die Käsebrötchen, die sehen aber gut aus. Ich überlege grade, ob ich eins davon mitnehme.« – »Oh Gott!«, rutscht es mir schon heraus, aber da hat die Bäckersfrau bereits ein Käsebrötchen auf die Theke gelegt.

»Nehmen Sie mal eins mit – zum Probieren« – und in einem Atemzug: »Der Nächste, bitte.« Das rettet der Freizeitjacke das Leben.

»Ach, Frau Wehmeier, wieder auf den Beinen?«, fragt die Bäckersfrau. Und das grauhaarige gebeugte Mütterchen ist an der Reihe. Sie hat schon ein bisschen Parkinson, ihre Hände zittern. Aber mit klarer, heller Stimme sagt sie: »Ich kriege ein Rundstück und ein Milchbrötchen. Aber nicht so dunkel. Das letzte Mal war das Brötchen viel zu dunkel.«

»Ich zeig sie Ihnen«, sagt die Bäckersfrau. »Und Sie sagen mir einfach, welches Sie haben wollen.«

Nein!, schreit mein ganzer Körper. Nein, nein, nein! Jetzt fängt die blöde Bäckersfrau tatsächlich an, dieser Scheintoten die Brötchen einzeln zu erklären. Ich werde zur Furie. Ich nehme den Tresen auseinander. Ich hab nicht so viel Zeit. Ich hau ab, ich fliehe aus dem Laden, ich werd hier noch wahnsinnig!

Aber das Mütterchen ist schließlich ein Mütterchen. Und das sechste vorgezeigte Brötchen scheint auch tatsächlich schon das richtige zu sein.

»Ja, ich glaub, das ist wohl nicht zu dunkel. Es ist wegen meiner Verdauung«, sagt das Mütterchen. Ja, die Verdauung. Gott sei Dank, nun hat sie eine gute Verdauung. Und jetzt muss es ja weitergehen. Folgt nur noch das unvermeidliche Ritual des Bezahlens: Kleine, gebeugte Mütterchen haben ja immer genügend Kleingeld im Portemonnaie, um passend zu zahlen. Wirklich allerliebst, der Anblick, wie sie mit ihren zittrigen Fingern einzeln die Münzen aus der Geldbörse fummelt:

»Gucken Sie mal, sind das zehn Cent oder fünfzig?«

»Das sind zehn Cent, Frau Wehmeier.«

»Wirklich? Gucken Sie doch noch mal genau …«

Ich weiß wirklich nicht, warum ich nicht schon lange schreiend rausgelaufen bin. Das Überraschungsweihnachtsfrühstück kann ich canceln. Wahrscheinlich komm ich nicht mal mehr rechtzeitig in den Sender. Verdammt, ich will doch nur: zwei Schokobrötchen für die Kinder, ein Croissant für Susanne und zwei Brötchen, Wecken oder Rundstücke für uns beide. Und da war doch noch was …

Aber was ist los mit mir? Energie geht auf null … Anstatt rauszulaufen, bleibe ich wie gelähmt stehen, und während das Mütterchen noch bezahlt, höre ich, wie hinter mir die Hausfrau mit Kopftuch zum Herrn in der Lodenjacke sagt: »Ja, wussten Sie das nicht? Seine Frau ist doch schon vor drei Wochen ausgezogen. Da sind doch gar keine Gardinen mehr. Das ging ja auch nicht mehr. Er hat sie ja schon einmal fast umgebracht. So gut wie jedenfalls. Haben Sie denn die Schreie nie gehört? Das war doch an der Tagesordnung. Wenn die ein blaues Auge hatte, haben wir uns schon gar nicht mehr gewundert …«

»Tut mir leid, Frau Wehmeier – aber das ist noch eine alte D-Mark.« Wie von ferne dringt mit einem Mal das Thekengeschehen an mein Ohr.

Ich will hier weg. Ich muss hier raus!

Aber nein – jetzt bin ich wohl doch noch an der Reihe:

»Ich möchte zwei Schoko …« Verdammt, wo kommt denn jetzt plötzlich das kleine Mädchen her, das vor mir steht?. Aber ich bin doch jetzt …

»Ich soll Brötchen holen«, sagt das Kind und guckt wie das Sterntaler-Kind zur Bäckersfrau auf.

»Weißt du denn auch, welche?«

»Ich soll Brötchen holen.«

»Ja, mein Kind, aber welche. Hat deine Mutti dir vielleicht einen Zettel mitgegeben?«

»Ja.«

»Und wo ist der Zettel?«

»Ich soll Brötchen holen.«

»Da hast du doch den Zettel in der Hand. Zeig doch mal her.«

Ich halt es wirklich nicht mehr aus. Das pack ich nicht. Ich sage jetzt einfach: Tut mir leid, aber ich bin dran, ich habe auch Kinder zu Hause! Da sagt die Hausfrau zu der Lodenjacke:

»Den Hund hat sie ihm aber dagelassen. Und den hat der brutale Mensch dann vergiftet!«

»Nein! Den Foxi?«

»Wussten Sie das etwa nicht …?«

Die Bäckersfrau nimmt die Brille ab, weil sie die Schrift von Mutti nicht gut lesen kann. Im Sender läuft jetzt schon das Morgenmagazin. Wenn ich da nicht pünktlich bin … Das kleine Mädchen nimmt die Tüte in Empfang und hält sie vor die Brust und geht an mir vorbei. Ganz stolz ist sie, sie kann schon Brötchen holen … Irgendwie ja rührend, die Kleine.

»Der Nächste, bitte. Was möchten Sie denn, junger Mann?«

»Bitte? Wie? Was?« Meint sie etwa mich? Bin ich schon dran?

»Oh, ääh, ja, Augenblick, äh … äh ja, warten Sie mal …«

Petras Lied: Das ist die liebe Weihnachtszeit

Das ist die liebe Weihnachtszeit
In kriegerischen Zeiten
Von Frieden reden alle heut
Und rüsten auf und streiten.
Statt Friede und Wohlgefallen auf Erden
Nur Panzer, Raketen und Drohgebärden.
Es donnern die Flieger mit Überschall
Statt Engelein über Bethlehems Stall.

Herodes war ein böser Mann,
Ließ Kinder einst ermorden.
Das übernahm der Taliban
Mit seinen wilden Horden.
Maria und Josef, die mussten flieh'n,
Mit ihrem Kind nach Ägypten zieh'n.
So flieht heute wieder ein ganzes Heer
Verzweifelter Flüchtlinge über das Meer.

Ja, es ist wieder Weihnachtszeit,
Im Norden wie im Süden.
Wann schweigen Zwietracht, Hass und Streit,
Wann endlich kommt der Frieden?
Doch Frieden, der kommt ja nicht von allein
Von Engelsmusik und von Heiligenschein.
Er kommt nur, wenn kein Mensch vergisst,
dass auch sein Feind ein Mensch noch ist.

Hänsel und Gretel

1. Teil

Vor einem großen Walde wohnte ein armer Holzhacker, ein Köhler, mit seiner Frau und seinen beiden Kindern, das Bübchen hieß Hänsel und das Mädel Gretel. Sie hatten wenig zu beißen und zu brechen, und einmal, als große Teuerung ins Land kam, da konnte der Holzhacker das tägliche Brot nicht mehr schaffen. Wie er sich nun abends vorm Zu-Bette-Gehen Gedanken machte, begab sich seine Frau im Nachthemd zu ihm und sprach:

»Du kamst heute schon wieder ohne Geld nach Haus?/ Ich sage dir, Mann, das halt ich nicht aus./Jetzt steht auch noch Weihnachten vor der Tür./Wir haben nichts zu essen. Gib mir Geld. Gib es mir!«

Der Vater aber kam im Pyjama angeschlurft, in der einen Hand trug er einen Kerzenhalter mit einer brennenden Kerze darauf, in der anderen Hand das Nachtgeschirr. Er setzte sich auf den Rand des Bettes und schob den Topf unter das Bett.

»Ich verdiene kein Geld«, sagte er. »Ich bin ein armer Köhler./Dich zu heiraten, Weib,/das war mein größter Fehler.«

Die Frau lachte nur frech: »Nein, mein Fehler war es, einen Mann zu nehmen,/der kein Geld verdient. Da muss man sich schämen./Ich stehe am Herd und hab alle Tage/ mit deinen Kindern nur Mühe und Plage./Ich will jetzt studieren auf der Universität/und selber Geld verdienen. Noch ist es nicht zu spät.«

Der Mann zog seine Pantoffeln aus. »Fang nicht wieder davon an. Du weißt doch ganz genau: / Kinder kriegen und erziehen ist Aufgabe der Frau! / Soweit kommt's noch, dass eine Frau studiert! / Du hast mir zu gehorchen! Hast du das kapiert?«

Die Frau aber hörte ihm gar nicht richtig zu.: »Ich hatte einen Traum«, sagte sie, »der war so wunderschön: / Da musste der Mann in der Küche steh'n, / die Frau aber saß als Chefin irgendwo / in einem Unternehmen, als Vorstand im Büro. / Sie verdiente das Geld, während ihr Gatte / die Hausarbeit und die Kinder hatte.«

»Ja, träum nur«, knurrte der Vater. »Du kannst ja viel phantasieren, / aber so etwas wird zum Glück nie passieren.«

»Ich hab auch geträumt«, fuhr die Frau fort. »Eine jede Frau, die hätte dann / in allem dasselbe Recht wie der Mann. / Sind die Kinder noch zu klein, sie allein zu lassen … /

»… ist die Frau dazu da, auf sie aufzupassen«, unterbrach er sie. »Anders geht es doch nicht. / Muttersein ist deine heilige Pflicht.«

Die Frau aber gab einfach nicht auf.

»Ich hab aber geträumt: Sind die Kinder noch klein, / gibt man sie in ein staatliches Kinderheim, / Kita genannt. Da werden sie groß. / Ich wäre sie dann am Tage los, / könnt Karriere machen und verdiene das Geld!« – »Unsinn«, knurrte der Vater, indem er unter die Bettdecke schlüpfte, »das wäre ja die verkehrte Welt! / Seit Adam und Eva ist es andersherum. / Zum Karrieremachen ist die Frau viel zu dumm. / Der Mann ist der Jäger, er geht auf die Jagd. / Die Frau ist die Putzfrau und des Gatten Magd. / Sie hat sich dem Willen des Mannes zu fügen, / das Essen zu machen und die Kinder zu kriegen.«

Da lachte die Frau nur höhnisch auf und sagte: »Ja, so ist es bis heute. Aber irgendwann/wird das alles ganz anders, mein lieber Mann./Da muss sich der Vater gefälligst bequemen,/für die Kinder den Vaterschaftsurlaub zu nehmen./Die Frau macht weiter ihren Job inzwischen,/der Vater darf den Kindern den Hintern abwischen,/darf Breichen kochen und die Flasche geben,/in der Sandkiste spielen, andere Väter erleben,/wie sie sich gegenseitig befragen: Wie viel PS hat denn ihr Kinderwagen?/Und ob denn ihr Junge schon trocken sei./›Ja ist er nicht goldig? Eideideidei!‹/Dann eilt er nach Haus in sein Heim, sein Reich,/muss das Abendbrot machen, denn die Mutter kommt gleich!/Sie verdient ja die Mäuse ...«

Ihr Gatte aber ließ sich von diesen Worten nicht beeindrucken:

»Ja träume nur weiter, phantasier nur zu«, sagte er. »Zum Glück gibt's die Kirche und die CSU./Die sorgen schon dafür, dass hier auf Erden/die Frauen nicht immer frecher und frecher werden./Am Ende wollen sie noch in den höchsten Spitzen/der Firmen als Vorstandsmitglieder sitzen ...«

»Ja, so soll es mal kommen. Das hab ich geträumt!«, trumpfte die Frau auf. »Und zwar nur genauso viel Männer wie Frauen!«

»Halt den Schnabel!« rief der Mann. »Oder ich werd dich verhauen!«

Der Frau aber machte es Freude, ihn weiter zu reizen:

»Ich habe auch geträumt«, fuhr sie fort, »in den fernen Tagen/darf der Mann seine Frau nicht mehr ungestraft schlagen! Und wenn er es tut, kann sie ihn verklagen!«

Da wurde es dem Manne zu viel, er herrschte sie an: »Du ziehst dich jetzt aus und gibst dich mir hin,/so wahr ich dein Herr und Gebieter bin.«

Die Frau aber gab noch lange nicht auf:

»Wenn du auf mich losgehst, wie ich es jetzt sehe, / das heißt dann ›Vergewaltigung in der Ehe‹ / da kriegst du, mein Lieber, das sage ich dir, / später mal zehn Jahre Knast dafür.«

Der Mann hatte keine Lust mehr zu streiten und fing schon an zu betteln: »Sei nicht so hässlich und sag immer nein. / Ich will auch ganz lieb und ganz zärtlich sein.«

Da wurde Frau fast wieder schwach:

»Du Schmeichler du, ist das wirklich dein Wille? / Bedenk doch, es gibt noch nicht mal die Pille. / Wenn ich nachgebe, bekommen wir wieder ein Kind.«

»Ach du«, sagte der Mann. »Nicht immer nur an die Folgen denken. / Ich will dir doch nur meine Liebe schenken.«

»Ja, ja – wenn Hänsel und Gretel nicht wären. / Die können wir doch auch schon kaum noch ernähren.«

»Hänsel und Gretel?«, fragte der Mann. »Die habe ich heute noch gar nicht geseh'n.«

»Lieber Mann, ich muss dir jetzt etwas gesteh'n.«

»Ja und?«

»Ich hab sie geschickt in den Wald, in den tiefen, / wo sie sich doch schon einmal verliefen.«

»In den Wald geschickt? Hast du vergessen, / da gibt's wieder Wölfe, / die könnten sie fressen.«

»Hmm«, machte die Frau und grinste böse: »Das könnte wohl sein. Aber das wär doch ein Glück!«

»Ein Glück?«, rief der Mann. »Wie soll ich denn das verstehen?«

»Bedenke doch vor allen Dingen: / Wir müssten sie nicht mehr morgens zur Schule bringen. / Wir müssten uns auch nicht mehr anhören, / dass wir out, altmodisch und uncool seien.« /

Der Mann hatte aber noch Skrupel: »Ja, aber«, sagte er, »fehlen sie uns dann nicht sehr?«

Da spielte die Frau ihren Trumpf aus: »Zum Elternabend brauchen wir dann auch nicht mehr!«

Das überzeugte ihn natürlich:

»Sind sie erst gefressen«, rief er, »die Gören, / können sie uns nie mehr bei der Liebe stören.«

Schon stürzte sich der Vater auf seine Frau. Sie liebten sich ausgiebig in der festen Annahme, dass ihre Kinder nicht mehr wiederkommen würden.

Die Einmach-Oma

Oma Mewes ist schon vor langer Zeit gestorben. Aber erst neulich, als sich in Fukushima die große Katastrophe ereignete, habe ich wieder besonders an sie gedacht. Oma Mewes war nämlich unsere Einmach-Oma. Sie und ihr Mann Christian hatten sich über vierzig Jahre nicht beirren lassen und gegen den Spott der ganzen Familie seit Kriegsende noch immer jedes Jahr in ihrem Garten Erbsen, Bohnen, Wurzeln, Zwiebeln und sogar Kartoffeln angebaut. Angefangen hatte es bei ihnen wie bei so manchem Kleingartenbauern in der schlechten Zeit, kurz vor Ende des Krieges. Aber je besser die Zeiten wurden, desto weniger Gartengemüsefarmer gab es. Aus Kartoffelacker und Tomatenplantage wurde Zierrasen mit Edeltanne.

Nur bei Christian und Emma Mewes nicht. Jahr für Jahr bestellte Christian seinen Gemüsegarten. Und Emma stand in der Küche und weckte ein.

Bis in die siebziger Jahre ließ die Familie es sich ja noch gefallen. Man nahm ganz gern mal ein Glas Birnen oder selbsteingemachte Erdbeermarmelade mit. Aber Oma Mewes' Vorratskeller war schon längst bis unter die Decke vollgestapelt. Jeder, der zu Besuch kam, musste mindestens zwei Gläser mitnehmen. Und irgendwann spielte die Familie nicht mehr mit.

»Wir sind doch nicht mehr im Krieg! In jedem Supermarkt kriegt man Erbsen und Wurzeln nachgeworfen! Ein Garten lohnt sich nicht mehr. Legt doch Rasen an, pflanzt Blumen!«

Oma und Opa Mewes aber ließen sich nicht beirren.

Und Opa sagte noch: »Eines Tages werdet ihr euch noch alle zehn Finger danach lecken!«

Als Opa starb, standen auch noch das frühere Kinderzimmer, die Waschküche und der Werkraum bis oben hin voller Eingemachtem und Konserven. »Wenn Einmach-Oma stirbt, kommt alles auf den Müll. Will ja doch keiner haben«, lautete der geheime Familienbeschluss.

Und dann geschah das Wunder.

Plötzlich, Mitte '86, erschien erst Eva, Emmas Enkelin. Ihr Baby war gerade ein Jahr alt.

»Du hast doch noch so viel Eingemachtes aus der guten, alten Zeit«, sagte sie. »Kannst du noch etwas davon entbehren?« Und Erbsen und Wurzeln, die Brechbohnen und der Rosenkohl gingen weg wie warme Semmeln.

Immer mehr Säuglingsmütter meldeten sich. Oma Mewes musste die Austeilung streng auf Familienmitglieder rationieren.

»Weißt du, Oma, so gesundes Gemüse und so gut eingeweckt, das gibt's heute nämlich nicht mehr.« Von Tschernobyl sagten sie nichts. Das hätte Oma sowieso nicht mehr begriffen.

So starb Oma Mewes, nachdem sie oft an Opa gedacht hatte: »Einmal werden sie noch kommen und sich alle zehn Finger danach lecken.«

Hänsel und Gretel
Die Kinder im Wald

2. Teil

Es war einmal, aber nein – es geschah doch gerade erst dieses Weihnachten. Während der Köhler und seine Frau sich noch wie vor zweihundert Jahren zu Hause im Bett vergnügten, gingen Hänsel und Gretel durch den finsteren Wald und suchten nach einem Lebkuchenhaus. Der kleine Hänsel zog seine größere Schwester an der Schürze und rief:

»Gretel, bleib mal stehen. Ich glaub, es riecht schon nach Kuchen.«

»Das glaube ich nie«, sagte Gretel. »Ein Kuchenhäuschen im Wald. Das müsste doch nach dem ersten Regen aufweichen. Außerdem brauche ich eine Pause. Komm, wir setzen uns auf einen Baumstamm und ruhen uns aus.«

Hänsel setzte sich gehorsam neben seine Schwester.

»Ach, Gretel«, sagte Hänsel, »warum schickt uns unsere Mutter immer wieder in den Wald? Ich glaube, sie will uns loswerden.«

»Radomir«, seufzte Gretel.

»Wie bitte?«

»Radomir ist der Grund.«

»Ach, Radomir, der dicke Gärtner, der bei uns immer den Rasen mäht?«

»Ist dir denn noch überhaupt nicht aufgefallen, Hänsel: Immer wenn Daddy auf Reisen ist, kommt der dicke Gärtner an – weil er angeblich den Garten machen muss. Dabei schmust er immer mit unserer Mutter auf dem Sofa.«

Hänsel wurde ganz unruhig: »Ja, das stimmt«, rief er. »Das müssen wir unbedingt Papa sagen, wenn er nach Hause kommt: Mama macht Bumm-Bumm mit dem Gärtner!«

»Das heißt Bumsen oder Poppen«, sagte Gretel.

»Ja, ja, das müssen wir aber doch Papa sagen, dass Mama mit dem Gärtner ... wie heißt das?«

»Bumsen oder Poppen. Oder Vögeln.«

»Ach so«, sagte Hänsel. »Ist das alles dasselbe?«

»Sei ruhig, Hänsel. Das verstehst du noch nicht, dazu bist du noch zu klein.«

»Ja, aber wir müssen es doch Papa sagen, dass Mama mit dem Gärtner ... äh ... wie heißt das?«

»Hör auf zu fragen«, sagte Gretel. »Außerdem macht Papa das ja auch selber.«

»Waaas?«, fragte Hänsel. »Papa vögelt mit dem Gärtner?!«

»Doch nicht mit dem Gärtner, du Dummkopf. Mit seiner Frau Müller, seiner Sekretärin. Ich hab selber gesehen, wie sie sich im Auto geküsst haben. Wenn du mich fragst: Bestimmt lassen sich unsere Eltern bald scheiden.«

Hänsel strahlte übers ganze Gesicht: »Gibt es dann eine Scheidungsfeier?«, fragte er

»Unsinn!«, sagte Gretel. »Scheidungen werden nicht gefeiert! Die Eltern von meiner Freundin Vanessa haben sich auch scheiden lassen. Jetzt hat Vanessa sogar zwei Väter: den richtigen und den neuen Freund von ihrer Mutter.«

»Das ist ja wie bei meinem Freund Siggi!«, lachte Hänsel. »Aber Siggi hat jetzt zwei Mütter: die neue Freundin von seinem Papa und seine richtige Mutter. Aber die besuchen sie immer nur in der Nervenanstalt!«

»Das heißt Nervenheilanstalt! Klapsmühle. Wahrscheinlich ist sie wegen der Scheidung verrückt geworden. Aber meine Freundin Jana – die kennst du doch –, die hat jetzt einen halben Bruder. Also ihr Vater ist ein anderer als der Vater von Freddy, ihrem Bruder.«

»Und welcher Vater ist bei der Mutter?«

»Der andere«, sagte Gretel.

Ein Rehlein guckte aus dem Gebüsch und hörte dem munteren Gespräch der Kinder zu. »Jana besucht ihren Papa immer bei ihrer halben Schwester, also die ist das Kind von der neuen Freundin ihres richtigen Vaters.«

Hänsel musste nachdenken. Dann sagte er:

»Leon hat gesagt, sein Vater ist plötzlich eine Frau geworden. Jetzt hat er sich in einen Mann verliebt. Und die wollen jetzt auch ein Kind haben.«

Das wusste Gretel nun aber besser:

»Zwei Männer können kein Kind kriegen. Eine Frau braucht einen Mann, nur dann kann sie ein Kind kriegen!«

Das Rehlein lächelte ein bisschen vor sich hin.

Aber Hänsel protestierte:

»Das geht auch ohne den Mann! Heidi aus dem Kindergarten hat uns das erzählt: Maria hat ein Kind gekriegt, den Jesus – aber der Joseph ist nicht der Vater. Der steht immer nur bei Ochs und Esel und muss die Krippe saubermachen. Der Vater von Jesus ist ein Gespenst oder ... nein, warte mal: ein Geist irgendwie, und als Maria ihn gekriegt hat – das hat gar nicht weh getan!«

»Ach so«, sagte Gretel, denn sie wusste Bescheid: »Dann war das eine In-vitro-Fertilisation.«

»Eine was bitte?«, fragte Hänsel.

»Eine In-vitro-Fertilisation!«

»Ach so«, sagte Hänsel. »So einfach. Aber Papa haut Mama ja auch nur einmal in der Woche.«

Das Rehlein zog sich zurück. Aber Hänsel hatte etwas entdeckt:

»Guck mal dahinten, Gretel«, rief er. »Siehst du das gelbe Licht? Das ist bestimmt das Lebkuchenhaus.«

Gretel war aufgesprungen und zum nächsten Baum gelaufen. »Das wird ein Wegweiser sein!«, rief sie. »Hier steht etwas angeschrieben!«

»Steht da: »Knusper Knusper Knäuschen«?«, fragte Hänsel ganz ungeduldig.

»Nee«, sagte Gretel und las es ihm vor. »Da steht: ›Big Mac mit Doppel-Pommes nur € 1,95!‹

Hänsel hüpfte vor Freude: »Oh, ich will so einen Big Mac!«

»Kommt überhaupt nicht in Frage!«, sagte Gretel. »Is ja irre, aus dem Kuchenhäuschen ist jetzt MacDonald's geworden.«

»Wie schön!«, rief Hänsel. »Und wo ist die Hexe geblieben, die immer die kleinen Kinder fettmacht?«

»Die ist immer noch da!«, sagte Gretel. »Und macht immer noch die kleinen Kinder fett. Darum kommst du jetzt sofort mit nach Hause!«

»Manno«, quengelte Hänsel. »Ich will zu MacDonald's. Wir finden ja eh nicht den Weg nach Hause. Ich habe doch die Brotkrumen gestreut. Und die haben jetzt die Vögel gefressen!«

»Ach, du kleiner dummer Junge«, lachte Gretel. »Ich habe doch Mamas iPhone mit Google Maps mitgenommen.« Sie gab flink ihre Adresse ein und wartete kurz auf das GPS-Signal, dann marschierten sie los und fanden auf dem kürzesten Wege und ganz sicher aus dem Wald nach Hause zurück.

Denn die guten, alten Weihnachtsmärchen sind auch nicht mehr das, was sie mal waren.

Jedes Jahr zu Weihnachten

Mein Freund Dieter erzählte mir die folgende »Weihnachtsgeschichte«:

»Ich hatte schon zwei Kinder mit Yvonne. Wir waren bereits vier Jahre verheiratet. Aber immer noch konnte ich Regina nicht vergessen. Immer wieder dachte ich, es war ein Fehler, dass wir uns getrennt hatten, nur weil sie mal so einen kleinen Ausrutscher mit einem Kollegen hatte – und von ihrer Weihnachtsfeier damals erst am nächsten Morgen nach Hause gekommen war.

Na gut, aber so war es eben gelaufen. Wir hatten uns getrennt. Ich glaube, mit Yvonne bin ich zuerst nur aus Trotz zusammengezogen und um Regina zu zeigen: Ich brauche dich nicht.

Na, kurz und gut. Nach vier Jahren sollte ich mal den Weihnachtsmann bei meinem Agentur-Partner Horst machen. Er meinte immer, ich mache so einen vertrauenerweckenden Eindruck mit meinen blauen Augen, und weil ich mit fünfunddreißig schon weiße Haare hätte. Also mach ich bei ihm und seinem kleinen Kevin den Weihnachtsmann und will nach 'ner Viertelstunde zurück nach Hause, um dann bei den eigenen Kindern den Weihnachtsmann zu spielen. Ich will mit Weihnachtsmann-Mantel in mein Auto steigen – da steht plötzlich Regina vor mir.

Sechs Jahre hatten wir uns nicht gesehen – und zoom! –, da stand sie, wollte grade über die Straße gehen. Sie hat mich gar nicht erkannt. Ich hatte ja noch den Weihnachtsmann-Bart umgebunden.

›Regina‹, sage ich. ›Bist du es wirklich?‹, und nehme den Bart ab.

Und sie: ›Oh nein! Dieter. Dieter, ich glaube es nicht.‹

Was soll ich lange erzählen: Auch sie hatte mich nicht vergessen. Auch sie hatte inzwischen einen Freund. Und dann fing es an: Unser Weihnachtsverhältnis. Sie wohnte nicht weit von meinem Parkplatz in einem bürgerlichen Wohnhaus, es war eine teure Gegend.

›Komm bitte mit zu mir, ich muss dir so viel erzählen!‹, sagte Regina und küsste mich auf den Mund oberhalb des runtergezogenen Bartes. ›Aber bitte warte erst, bis ich in meiner Wohnung bin. Und zieh bitte deinen Bart wieder hoch, damit man dich nicht erkennt. Klingel unten bei Norbert Ziegenbein – ja, tut mir leid, so heißt mein Freund. Aber der ist über Weihnachten bei seinen Eltern in New York.‹ Also, das war vielleicht eine Bescherung, sage ich dir. Kaum war ich bei ihr in der Tür, haben wir uns schon die Klamotten vom Leib gerissen und uns auf dem Teppich und unterm Adventskranz geliebt. Ich hab das Christkind singen hören und sämtliche Hirten auf dem Felde und Ochs und Esel noch dazu.«

Dieter holte einen Augenblick Luft. Ich konnte fragen:

»Und dann? Und heute? Verlässt du Yvonne wieder? Ist Regina jetzt deine Geliebte?«

»Nein, nein, ganz ruhig bleiben«, sagte Dieter. »Das heißt: sowohl nein als auch ja. Ich trenne mich nicht von Yvonne. Ich liebe sie ja inzwischen – und außerdem: die Kinder, denen kann ich das nicht antun. Und was Regina angeht – Ja, sie ist jetzt meine heimliche Geliebte, und ich bin ihr heimlicher Geliebter.

Allerdings mit einer Besonderheit: Immer nur zum Heiligen Abend. Das haben wir so abgemacht. Du kennst vielleicht die Komödie »Nächstes Jahr, selbe Zeit«. Wo sich zwei, die früher ein Paar waren, jedes Jahr noch einmal treffen.

Regina will die Beziehung mit ihrem Ziegenbein auf keinen Fall aufs Spiel setzen. Aber der fährt jedes Jahr zu seinen Eltern, und die sollen nichts von Regina erfahren, das ist 'ne Geschichte für sich. Also lüg ich Yvonne jetzt schon zum dritten Mal vor, dass ich wieder als Weihnachtsmann Horsts Kinder besuche. Aber in Wirklichkeit klingel ich jedes Jahr im Weihnachtsmann-Mantel bei Norbert Ziegenbein und lieb mich mit Regina.«

»Meine Güte«, sagte ich. »Und das ganze Jahr hältst du es aus, sie nicht zu besuchen?«

»Muss ich ja«, sagte Dieter. »So haben wir es uns versprochen. Allerdings: Die Sehnsucht ist auch fast nicht mehr auszuhalten, je näher Heiligabend kommt.«

»Und keiner hat was rausgekriegt? Niemand hat was gemerkt?«

»Na ja, es gab da einen Verdacht. Das war schon etwas gefährlich. Bei Ziegenbein im Haus wohnt im Erdgeschoss eine neugierige alte Dame, eine Klatschtante. Die hat im ersten Jahr nach Weihnachten morgens beim Bäcker, als alle ihre Berliner abholten, erzählt: Bei Regina Grossmann war ja Heiligabend der Weihnachtsmann. Dabei hat sie gar kein Kind.«

»Na ja«, sag ich, »das fällt ja auch auf. Der Weihnachtsmann kommt zu einer Frau, die ganz allein ist.«

»Allein war«, sagte Dieter. »Inzwischen hat sie ja eins, das ist jetzt schon zwei Jahre alt.«

So ist es Heiligabend gewesen

Es hatte geschneit, und die Welt war so still.
Ich sah vom Fenster zur Straße hinaus.
Drüben brannten auch Kerzen im Zimmer,
und der Weihnachtsmann stapfte unten ins Haus.
Dann klang die kleine Weihnachtsbimmel:
»Ihr Kinder könnt kommen, es ist so weit,
Knecht Ruprecht war da. Direkt aus dem Himmel.«
Hab ich mich gefürchtet! Hab ich mich gefreut!

Die Kerzen brannten am Tannenbaum.
Geschenke darunter mit Schleifen gebunden.
Mein Vater sagte: Der Weihnachtsmann
Ist grad wieder aus dem Fenster verschwunden.
Die Puppe meiner Träume vor mir stand.
Ich liebte sie gleich und hielt sie warm.
Ein Engel »Ihr Kinderlein kommet« sang.
Mama lebte noch, nahm mich in den Arm.

Lebkuchen und Spekulatius
und Weihnachtskringel und Marzipan.
Oma las uns die Weihnachtsgeschichte.
Das Himmelstor ward aufgetan.
Vater stapfte noch einmal mit uns
Hinaus in die Heilige Nacht durch den Schnee.
Dann lag ich mit meiner Puppe im Bett.
Und die Engelein jauchzten in himmlischer Höh'.

So ist es Heiligabend gewesen.
Ich war so glücklich und noch so klein.
Ach könnte es doch noch einmal so sein.

Weihnachtsspionage

Unsere Freundin Nina hat uns neulich erzählt:

»Ich habe es ja noch niemandem verraten. Aber ihr sollt es jetzt wissen: Ich bin nämlich eine Spionin.

Als ich noch ein kleines Kind war, da konnte ich es einfach nicht aushalten, dass ich nicht wusste, welche Geschenke ich bekommen würde. Je näher der Weihnachtsabend kam, umso gespannter war ich. Zum Schluss konnte ich meine Neugier einfach nicht mehr beherrschen. Dann habe ich meine Mutter geradezu genötigt, mir doch zu verraten, was der Weihnachtsmann mir bringen würde.

›Ist die blonde Puppe dabei, Mama? Kriege ich auch die roten Tennisschuhe? Die wünsch ich mir doch so sehr. Bitte, Mama, sag doch mal!‹

Aber meine Mutter hat nur gelacht und auch nicht die kleinste Andeutung gemacht.

Ich wusste jedoch, dass die Geschenke für mich vor Weihnachten immer im großen Kleiderschrank versteckt wurden. Der Schrank war abgeschlossen. Aber ich wusste auch, dass meine Mutter den Schrankschlüssel in der Küche in der Besteckschublade versteckt hatte.

Um etwa halb drei in der Nacht schlich ich mich daher wie eine Indianerin aus meinem Zimmer in die Küche, um den Schlüssel zu holen. Das war nicht ohne Risiko. Leise, leise! Dass ich es schaffte, den Schlüssel nahezu geräuschlos zu drehen und die Schranktür zu öffnen – das war schon eine reife Leistung. Da sah ich sie nun auf dem oberen Regal des Schrankes: drei Weihnachtspakete, zwei große und ein kleineres. Vorsichtig, vorsichtig musste ich einen Stuhl herbeiholen. Nur kein Geräusch machen, nur kein Geräusch machen.

Leise auf den Stuhl steigen. Vorsichtig die Pakete eines nach dem anderen herausholen, den Atem anhalten.

Später habe ich natürlich begriffen, dass man sich ja eigentlich nur selber schadet, wenn man sich die Freude der Überraschung nimmt, oder überhaupt, dass es eine Gemeinheit, ein Vertrauensbruch ist gegenüber dem Schenkenden. Nun, heute, bin ich erwachsen und kann meine Neugier selbstverständlich beherrschen.

Also – damals jedenfalls, als ich noch ein neugieriges Kind war, da habe ich die Kunst entwickelt, ein Paket so vorsichtig zu öffnen und es anschließend wieder zu schließen, dass kein Mensch merken konnte, dass es jemand geöffnet hatte. Ich hätte mit sechs Jahren schon bei der Stasi oder beim BND zum Briefeöffnen angestellt sein können.

Säuberlich ausgepackt lagen da nun ein Teddybär, ein selbstgestrickter Pullover und eine Mundharmonika. Was sollte das denn? Ich hatte mir doch eine Gitarre gewünscht!

Was soll ich mit einer blöden Mundharmonika?! Gut, dass ich das jetzt wusste. Dann konnte ich ja morgen einfach mal so fallen lassen: ›Eine Mundharmonika will ich nicht. Ich freu mich schon auf meine Gitarre.‹

Aber dann ging etwas schief.

Ich hatte schon den Teddybär wieder eingepackt, da hörte ich ein Stöhnen und Husten aus dem Schlafzimmer von Mutter. Irgendetwas musste mich verraten haben. Was sollte ich jetzt tun? Schnell die Pakete an mich nehmen und husch mitsamt den Paketen wieder rein in den Kleiderschrank! Ich hörte, wie Mutter auf dem Flur tappte und vor sich hin murmelte.

›Ich hab doch was gehört‹, murmelte sie. Dann blieb sie

vorm Kleiderschrank stehen und horchte. Mein Herz schlug so doll, dass ich dachte, sie muss es draußen klopfen hören.

Aber nein, es kam noch schlimmer. Sie schlurfte in ihren Pantoffeln weiter und kam an das Kinderzimmer.

›Nina, hast du auch was ge …‹ Und dann immer lauter werdend: ›Nina, wo bist du denn? Nina, Nina! Um Gottes willen, das Kind ist verschwunden!‹ Sie rannte noch den Flur auf und ab. ›Nina! Nina!‹ Sie lief zur Wohnungstür. Ich hörte, wie sie ins Treppenhaus rief: ›Nina, wo bist du?‹

Das war meine Chance. Ich kletterte aus dem Schrank, hatte sogar als abgefeimter Verbrecher den Nerv, die Schranktür zu schließen, lief in mein Zimmer und verkroch mich unter der Decke.

Das Ganze war eine Katastrophe! Frau Sauerwein, die Nachbarin unter uns, war wachgeworden und war auch ins Treppenhaus gelaufen. Ich hörte, wie die beiden wieder in die Wohnung kamen. Meine Mutter klang richtig verzweifelt.

›Die Einbrecher haben mein Kind geraubt. Was soll ich bloß machen. Ich ruf die Polizei!‹›Kann doch gar nicht angehen!‹, rief die Sauerwein. ›Haben Sie ganz genau ins Kinderzimmer geguckt?‹

›Ja doch, da ist sie nicht … da ist sie!‹

Wie aus dem tiefsten Schlaf gerissen, kam ich unter der Decke hervor: ›Mama, was ist denn? Was ist denn los!‹›Da ist sie ja! Da ist sie ja! Ach, nichts, mein Kind.‹ Sie nahm mich in den Arm. ›Ich glaube, ich werde alt. Ich hätte schwören können … Mein Gott, bin ich erleichtert.‹

Es war ja noch mal gutgegangen«, sagte Nina. »Aber seitdem habe ich das nie wieder gemacht. Man muss sich doch beherrschen können.«

Ja, so erzählte Nina uns die Geschichte von ihrer Weih-

nachtsspionage. Im Laufe des Abends erwähnte sie aber auch noch etwas anderes. Ganz nebenbei gab sie nämlich zum Besten:

»Männern muss man seinen Wunschzettel direkt auf die Nase binden, sonst vergessen sie, was man ihnen gesagt hat. Ich habe nämlich in Patricks Zimmer« – mit Patrick lebt sie seit drei Jahren zusammen – »seine Weihnachtsgeschenke für mich gefunden. Und stellt euch bitte vor: Ich hatte ihm geradezu eingeschärft, dass ich mir eine echte Bernsteinkette wünsche. Aber was hat er gekauft: Eine Halskette mit Zuchtperlen! Jetzt muss ich wieder dauernd sagen: Ich freu mich ja so auf die Bernsteinkette, die du mir schenken wirst!«

Sternenlied

Heut Abend gibt Vater auf dem Balkon
Seiner staunenden Tochter die erste Lektion
In Sterne und was sie bedeuten.
Man lehre die Kinder beizeiten.
So steh'n sie im Dunkeln,
Die Sterne funkeln.
Oder manche auch nicht.
Und der Vater spricht:

»Mein Kind, siehst du dort … nein da, weiter links!
Nein, das ist ein Flugzeug! Das goldene Dings,
Ja, das ist der Stern, den man Venus nennt.
Am sogenannten Firmament
Ist er der leuchtendste Planet,
Wie majestätisch er dort steht!
Alle Sterne sind Gottes Kinder!«

»Ja, Vater. Aber was kommt dahinter?«

»Dahinter? Also ja, du musst noch versteh'n:
Die Planeten, also das Sonnensystem,
Der Uranus, Pluto und wie sie heißen,
Die Erde, der Mars, sie alle umkreisen
Die Sonne, immer rum um sie.
Wie eine Mutter behütet sie die,
Und so entsteh'n Sommer und Winter.«

»Ja, Vater. Aber was kommt dahinter?«

»Dahinter? Na ja – also gut, das ist so:
Da kommt dann das nächste System irgendwo.
Die Milchstraße ist, dort siehst du sie zieh'n,
Nur eine von Tausenden Galaxien,
Wenn du weißt, was das ist, auf jeden Fall
Die Sternennebel im All
In unvorstellbaren Fernen.«

»Ja, Vater. Aber hinter den Sternen?«

»Mein Kind, da bist du vielleicht noch zu klein.
Hinter den Sternen, was soll denn da sein?
Neue Sterne natürlich. Die Gravitation,
Der Ausdehnungsfaktor, die Urexplosion,
Und überhaupt ist das All ja gekrümmt,
Wenn man die Wissenschaft wörtlich nimmt,
Aber das ist zu schwierig für Kinder.«

»Ja, Vater. Aber was kommt dahinter?
Hinter den Sternen, was kommt da?«

»Mein Kind …
Du gehörst jetzt schon lange ins Bett!
Ist das klar?«

Vorweihnachtsfriede

Zweiter Advent. Und der Weihnachtsfriede bricht aus. Ab dem 6. Dezember (Nikolaus) sollen die Gerichtsvollzieher nach Möglichkeit keine Pfändungen mehr vornehmen. Da atmen Sie jetzt wohl auf, lieber Leser. Bis in den Januar hinein dürfen Sie Ihren Perserteppich noch behalten!

Oder Sie, lieber Herr B. Die erste Abmahnung hat Ihnen der Chef doch schon verpasst. Aber vor Weihnachten sprechen die meisten Firmenchefs keine Kündigung mehr aus. Wir wollen doch den Leuten das Weihnachtsfest nicht verderben.

Auch andere Grausamkeiten möglichst nicht mehr vor Weihnachten. Ja, Oma, die Familie hat neulich beschlossen: Es geht nicht mehr. Wir sagen Oma jetzt: Sie muss ins Heim. Aber natürlich nicht mehr vor Weihnachten. Nein, Oma, bis in den Januar sind sie noch einigermaßen nett zu dir …

Und Sie, gnädige Frau? Sie ahnen es doch schon lange, dass ihr Gatte fremdgeht. Aber keine Angst, er hat seiner Geliebten gesagt:

»Ja, Liebste, ich sage es meiner Frau und reiche dann auch die Scheidung ein. Aber doch nicht mehr vor Weihnachten! Das kann ich ihr nicht antun.« Na, also – bis Neujahr dürfen Sie den Kerl noch behalten. Falls Sie noch Wert darauf legen.

Friede auf Erden! Vorweihnachtsfriede!

Gashahn aufdrehen oder was?

Nach dem großen Streit mit Corinna ausgerechnet vor Heiligabend habe ich nur noch gedacht:

»Am besten bring ich mich jetzt mal um.«

Da hatte ich natürlich gleich das Problem: Aber wie? Vom Hochhaus runterspringen ist vielleicht noch das Einfachste. Aber wie komm ich da aufs Dach? Aufhängen ist mir irgendwie unsympathisch. Gashahn aufdrehen und solche Sachen gefährden deine Mitmenschen. Vielleicht Gartenschlauch in Auspuff und dann mit dem Wagen irgendwo vor der Stadt am Waldesrand …

Wenn du so weit bist, dir das alles zu überlegen, hat der Tod schon seinen Schrecken verloren.

Aber ich war so weit. Will eigentlich gar nicht mehr daran denken, was Corinna alles gesagt hat und warum ich so gekränkt war. Denn wenn du einem erzählst: »Ich sehe keinen Sinn mehr im Leben wegen Corinna«, kriegst du ja doch nur zu hören: »Doch nicht wegen 'ner Frau! Gibt doch noch tausend andere Frauen. Viel schönere!« Oder: »Kommt alles nur vom Weihnachtsstress.« Oder: »Das meinst du doch sowieso nicht ernst!« Lauter Gelaber um dich rum. Begreifen kannst du das einfach nur selber. Oder fühlen, will ich mal sagen: Wenn da in deiner Brust so ein Stein hängt, der dich einfach runterzieht. Du möchtest am liebsten nur noch heulen. Hast nicht mal mehr Mut, dich zu besaufen, weil du auch nicht weglaufen willst vor dem Abgrund, der sich in dir aufgetan hat. Und dann kommt diese Wut dazu. Wenn ich mich nicht umbringe, bring ich dieses Schwein um, das mal mein

Freund gewesen ist. Bisschen kommt natürlich auch dazu, dass du überlegst: Was sie wohl denkt, wenn sie ihr erzählen: »Ihr Freund hat sich umgebracht. Im Abschiedsbrief stand, wegen Ihnen.« Sie soll krank werden vor Gewissensbissen.

Aber ganz echt: Wenn du mal so weit bist – das hat auch was Großes. Du bist irgendwie über der Welt. Und fängst jetzt an, ganz kühl zu überlegen: Wie mach ich es am besten. Uwe Barschel fällt dir ein, in der Badewanne. Medikamente und 'ne Flasche Wein, mehr so'n sanftes Rüberschwimmen. Aber das macht ja nun wirklich überhaupt keinen Eindruck.

Na gut, denk ich. Ein Bier kannst du ja noch trinken. Setz mich da in eine Kneipe in Hamburg am Hafen. Krieg aber gar nicht richtig mit, wo ich eigentlich bin. Das ist nämlich so: Du bist schon vor deinem Selbstmord tot. Innerlich bist du ja schon drüben, siehst alles um dich rum nur noch wie im Film. Weihnachtsbaum und Tannenzweigdekoration am Tresen. Auch ohne eigenen Seelenschmerz schon zu deprimierend. Oder du stehst an der roten Ampel, weil du artig gehalten hast in deinem Trübsinn. Du denkst: komisch, rote Ampel. Warum bin ich überhaupt stehen geblieben? Na ja, der arme Kerl, der mich totfährt, oh Gott, die Scherereien, der Papierkrieg. Obwohl, was geht mich das noch an? Na schön, so sitz ich also in irgendeiner Kneipe und guck in mein Bier und denk noch: Vielleicht doch totsaufen. Ganze Flasche Rum auf einen Zug, müsste funktionieren.

Da hör ich eine Frau von irgendwoher sagen: »Mein Mann ist ja im Schlaf gestorben.«

»Bei euch zu Haus im Bett?«, fragt eine Männerstimme.

»Nee, im Auto am Lenkrad«, sagt die Frau. Das kommt vom Nebentisch. Das war die dicke Frau in der grünen Jacke. Ihr gegenüber sitzt ein älterer Mann mit weißem Haar und weißem Backenbart.

»Trotzdem schön!«, sagt er. »Schöner Tod. Er hat doch nichts mehr davon gemerkt.«

»Ja, das stimmt«, sagt die Frau. »Gewünscht hatte er sich das ja immer. Dass es schnell geht, wenn es mal so weit ist, hat er immer gesagt, dass man sich nicht lange quälen muss.«

Die Bedienung stellte ein Glas Weinschorle und ein Bier für die beiden auf den Tisch.

»Danke«, sagt die Frau. »Wie Herr Poschmann, mein Nachbar. Gehirnschlag. Steht vom Fernseher auf, sagt zu ihr: Ich leg mich schon mal hin. Sie geht zwei Minuten später hinter ihm her, weil sie ihm immer ein Glas Wasser gebracht hat für sein Gebiss, dass er das da über Nacht reintut. Da liegt er schon im Bett und ist tot. Hatte die Augen verdreht, sagt sie, da war nichts mehr.«

»So möchte man das auch mal haben«, sagt der Mann und nimmt einen Schluck von seinem Bier. »Rudi Grabowski ist auf'm Tennisplatz gestorben. Sie hatten ihm immer gesagt, er soll aufhören mit dem Tennisspielen, Sport ist nicht mehr gut für sein Herz. Aber am Sport ist er gar nicht gestorben. Sie haben erzählt, er hätte sich so aufgeregt, weil sein Gegner einen Ball Aus gegeben hat, der seiner Meinung nach drin war. Da hat er losgebrüllt: Das sei jetzt schon der dritte Ball, den er Aus gibt, das ist Betrug, ob er Tomaten auf den Augen hätte ... Aber mittendrin fasst er sich ans Herz, wird leichenblass, fällt um und ist sofort tot.«

»Ich hab gehört, Flugzeugabsturz ist gar nicht so schlimm«, sagt die Frau und stellt ihr Weinglas wieder ab. »Lisbeth und Walther unsere Freunde aus Mallorca, sind ja abgestürzt. Drüben in Amerika. Da ist doch mal so eine

Boeing ins Meer gekracht. Ich dachte, das muss ja schrecklich sein, wenn du da noch minutenlang mitkriegst, wie die Maschine aus fünftausend Metern auf die Erde zurast oder das Meer kommt immer näher und näher. Aber da hab ich gelesen: Das ist anders. Du kriegst so einen Schreck, dass du schon vor Angst lange tot bist, bevor du unten ankommst.«

»Ja, meinetwegen«, sagte der Weißbärtige. »Aber das würde ich mir doch nicht so wünschen. Am besten finde ich, dass dir zum Beispiel ein Container auf'n Kopf fällt. Wie neulich einem Arbeiter drüben auf der Werft. Der hat das nicht mitgekriegt, der Arbeiter. Geht unterm Kran längs, der Container löst sich, und rumms! Den konnten sie nur noch von den Fliesen abkratzen.«

»Ja, aber so ein Glück kann ja nicht jeder haben«, sagt die Frau.

Mir wird ganz schwindlig. Ich nehm mein Bier und setz mich neben die Frau.

»Sagen Sie mal«, sag ich, »ich hab folgendes Problem. Ich möchte mich umbringen – und kann mich nicht entscheiden, wie? Vom Dach springen oder Autoabgase? Was könnten Sie mir da raten? Sie sind doch Experten.«

»Autoabgase dauert ziemlich lange«, sagt der Mann ganz ruhig und trinkt von seinem Bier.

»Da hab ich in der Zeitung gelesen«, sagt die Frau »in Ahrensburg hat einer 'ne halbe Stunde im Auto gesessen und war schon bewusstlos. Da hat ihn ein Polizist bemerkt, hat den Schlauch rausgezogen und die Tür geöffnet. Der Mann ist abgeholt worden und hat überlebt. Er hat aber im absoluten Halteverbot gestanden. Sechzig Euro Bußgeld musste er noch zahlen!«

»Von der St.-Michaelis-Kirche können Sie nicht runterspringen. Haben ja hauptsächlich zu Weihnachten schon viele versucht. Die haben da oben ein hohes Gitter mit Stacheldraht drum gebaut«, sagt der Mann, »da kommt keiner mehr rüber. Fernsehturm wird grade repariert. Versuchen Sies es doch mal vom Chilehaus. Mit dem Fahrstuhl bis ganz nach oben – und da müssen Sie dann mal sehen, ob die Tür zum Dachgeschoss offen ist. Aber ich glaub, da kommen Sie jetzt über die Feiertage gar nicht rauf.«

Ich sage: »Danke. Vielen Dank für Ihre Auskunft.« Und nehme mein Bier und vergess meinen Selbstmord.

Aber so sind sie eben, meine Hamburger Mitbürger: immer freundlich und hilfsbereit.

Nicht nur über Weihnachten.

Weihnachten ist schön!

Raffaela, 18 Jahre alt, sitzt schlechtgelaunt in ihrem Zimmer und teilt uns ihre Weihnachtsstimmung mit:

»Geh mir doch weg mit Weihnachten
und dem heiligen Getue!
›Von drauß‹ vom Walde komm ich her' –
Ach, lasst mich doch in Ruhe!
O Tannenbaum, o Stille Nacht,
so tönt's von allen Seiten,
Und jeder schenkt dem andern was
und mag ihn gar nicht leiden!
Ich habe echt die Nase voll
von Christ und Weihnachtsmann.
Ich find das alles nur noch doof.

Und Henry ruft nicht an!

Tante Else kommt und Onkel Franz
– so spießig, wie die ausseh'n.
Und Mutter küsst sie beide ab
– und kann sie doch nicht aussteh'n.
Die meckern gleich an mir herum:
›Hast du gefärbt die Haare?‹,
Und schenken mir das gleiche Buch
wie schon vor einem Jahre.
Dann zünden zur Bescherung sie
auch schon die Kerzen an.
Ich finde alles ätzend nur.

Und Henry ruft nicht an!

Dem arbeitslosen Vater kommen
vor Rührung schon die Tränen.
Die Mutter schreit die Kinder an:
Sie sollen sich benehmen.
Dann kommt auch schon die Weihnachtsgans,
und alles zückt die Gabel.
Solange sie beim Fressen sind,
da halten sie den Schnabel.
Der Opa fällt vom Stuhl, weil er
sich nicht mehr halten kann.
Ich will hier weg, ich will hier weg!

Und Henry ruft nicht an!

Dann schenken sie sich Cognac ein,
der Baum fängt an zu brennen.
Die Mutter schreit. Der Opa schreit.
Die Kinder schreien und flennen.
Es klopft. Da kommt der Weihnachtsmann.
Doch dann, doch dann, doch dann …

Doch dann ruft endlich Henry an.
Vielmehr: Er schickt 'ne SMS:
›Liebling, ich bin im Weihnachtsstress.
Ich muss dich wiederseh'n.‹

Ach, Weihnachten ist schön!«

Das ganze Jahr Weihnachten?

Es ist schon eine Plage mit diesem Weihnachten: Gerade eben haben wir es hinten rausgeschmissen, ist es schon wieder da – und will vorne wieder reingelassen werden.

Gibt ja auch schon viele Weinachtsartikelgeschäfte, die sind das ganze Jahr geöffnet. Lohnt sich gar nicht, sagen die Inhaber, Juni und Juli dichtzumachen, geht ja doch gleich wieder los.

An und für sich ja auch kein so schlechter Gedanke: Weihnachten ist ja das Fest des Friedens. Meistens schweigen ja auch Weihnachten die Waffen. Das ganze Jahr ist Krieg – nehmen Sie mal Afghanistan oder Libyen oder so –, aber Weihnachten soll dann mal ein paar Tage Frieden sein. Da machen sie dann Waffenstillstand. Das gehört sich so. Wenn Weihnachten auch noch geschossen und umgebracht wird, das sieht nicht gut aus. Das gibt kein gutes Image. Na ja, und insofern wäre es ja doch sehr vernünftig, wenn das ganze Jahr über Weihnachten wäre. Und das ganze Jahr Waffenstillstand. Wenn die Menschheit begreifen könnte: Krieg und Hass und Gewalt und Bomben und Raketen – das sieht überhaupt nie gut aus. Das gibt überhaupt nie ein gutes Image für die ganze Menschheit.

Ja, wenn die Menschheit das mal hinbekäme: Das ganze Jahr Weihnachten – das ganze Jahr Frieden und Liebe unter den Menschen! Das wär doch was ganz Großes. Natürlich müsste man dann das ganze Jahr Weihnachtslieder spielen und anhören. Das ganze Jahr *Jingle Bells* und *O du fröhliche*. Nicht nur, wenn es schneit, nein jeden Tag, weil dann jeder Tag Weihnachten wäre. Ja, klar: das stellen wir uns schrecklich vor. Immer nur Weihnachtsmusik und überall Tannenbäume und Lichterschein und Weihnachtsmänner und Weihnachtsengel. Aber wenn es dann dafür das ganze Jahr Frieden auf Erden gäbe – dann verdammt noch mal, dann müssten wir es in Kauf nehmen. Sollen sie doch von mir aus von morgens bis abends im Radio *Happy Xmas* jaulen und *Es ist ein Ros entsprungen* und *Ihr Kinderlein kommet* und *O Tannenbaum*. Sollen sie doch: Wenn dann tatsächlich das ganze Jahr Frieden und Waffenstillstand wäre und den Menschen ein Wohlgefallen – ja verflixt! – dann müssten wir das eben aushalten. Es würde sich lohnen!

Bis es so weit ist, müssen wir uns natürlich damit abfinden, dass auch hierzulande der Weihnachtsfrieden häufig etwas trügerisch ist – und dass es meistens Weihnachten bei uns nicht nur gemütlich, sondern »schrecklich gemütlich« wird.

Der Ausländerfreund

Immer vor Weihnachten kommen besonders viele Flüchtlinge in unser Land – und das Gejammer geht wieder los, dass sie das reiche Deutschland nur ausnutzen wollen und es sich hier bei uns gemütlich machen. Denn das passt ja so recht zur Weihnachtsstimmung und »Nächstenliebe«.

Diese Szene spielte sich im Jahre 2014 ab – als die braven Bürger fürchteten, die Boatpeople könnten ihnen zu Weihnachten auch noch den Karpfen und die Weihnachtsgans wegessen.

Der Vater sitzt und liest Zeitung. Da kommt seine 20-jährige Tochter Manuela rein und wagt es, ihren Vater beim Lesen zu stören:

»Papa, du hast doch immer gesagt, Ausländer sind genau solche Menschen wie wir, nicht, Papa?«

Der Vater sieht nicht auf von seiner Zeitung.

»Ganz recht«, sagt er, »das habe ich gesagt. Auch diese dummen Sprüche immer über Frauen aus anderen Ländern. Unerträglich ist das!« Alles ohne aufzusehen.

Die Tochter gibt dem Vater einen Kuss auf die Wange. »Das finde ich so toll von dir, Papa. Und wenn jemand einen Asiaten als Schlitzauge bezeichnet, dann wirst du doch auch immer gleich böse!«

»Ja, das ist Dummheit!«, sagt der Vater. »Und das nennt man Rassismus. Die Asiaten haben kleine Augen, damit sie die Sonne und der Schnee nicht so blendet.«

Manuela schmeichelt dem Vater immer weiter:

»Und du hast ja auch schon etwas gegen die Ausländerdiskriminierung getan, nicht wahr, Papa? Hast du ja selber gesagt.«

Der Alte wirft sich in die Brust:

»Ja, das darf ich wohl behaupten. Ich rede nicht nur von Toleranz gegen Ausländer. Ich gebe ein Beispiel dafür.«

Manuela strahlt. Sie ist stolz auf ihren Vater.

»Das finde ich so schön von dir, Papa. Und heute kommt Halim zu uns. Ich habe ihm gesagt, dass er bei uns wohnen darf.«

Da stutzt der Vater: »Halim? Wer ist das denn?«

»Ein Syrer, Papa.«

»Augenblick mal.« Der Vater wittert Unheil. »Wieso? Ein Kommilitone von dir oder was?«

»Nein, Papa.« Manuela sagt es mit liebevollem Tonfall. »Er ist geflohen aus Syrien. Eine ganz schreckliche Geschichte ...«

Da räuspert sich der Vater: »Ein Flüchtling? Bei uns wohnen? Wie kommst du denn auf die Idee?!«

Manuela ahnt noch nicht, was kommt. Sie ist begeistert: »Maja und ich waren doch bei der Demo dabei, und dann waren wir in dem Flüchtlingslager. Die schlafen da auf den nackten Fliesen, Papa, und das im Winter!«

»Halt, halt mal«, ruft der Vater. »Du hast also einem Flüchtling zugesagt, dass er bei uns wohnen kann?«

»Ja, Papa. Ich habe ihm gesagt: Mein Papa setzt sich für die Ausländer ein. Den muss ich gar nicht erst fragen. Und wir haben doch jetzt auch den Platz, seit Mama nicht mehr bei uns ist.«

Der Vater ist wie verwandelt: »Ja, bist du denn verrückt geworden!« Er springt von seinem Sessel auf. »Du kannst dir doch nicht einfach einen fremden Mann hier ins Haus holen!«

»Nein, Papa«, will ihn die Tochter beruhigen. »Er bringt

ja auch seine Frau mit und seine beiden kleinen Mädchen. Die haben so gefroren in dem Lager, die Kleinen …«

»Das wird ja immer schöner«, ruft der Vater. »Kommt überhaupt nicht in Frage! Wir sind doch kein Auffanglager für Asylanten!«

Manuela ist verblüfft:

»Aber, Papa, du hast doch immer gesagt …«

Er lässt sie nicht ausreden: »Ich hol mir hier doch keine Kriminellen und Sozialschmarotzer freiwillig ins Haus!«

»Aber nein, Papa«, die Tochter will ihn beruhigen. »Die mussten doch aus ihrer Heimat fliehen, weil sie verfolgt wurden …«

»Von der Polizei, jawohl!«, schreit der Alte jetzt. »Als Diebe oder Zuhälter oder was weiß ich sonst.«

Manuela ist ganz blass geworden. Das soll ihr toleranter Vater sein?

»Papa, wie sprichst du denn auf einmal? Ich dachte du hättest nichts gegen Ausländer?!«

»Habe ich ja auch nicht. Aber die kommen aus einer ganz anderen Kultur. Die kennen keine Hygiene wie wir hier. Die waschen sich nicht und putzen sich nicht die Zähne. Die wohnen doch noch in Zelten aus Ziegenfellen. Die können sich doch in einem Haus, wie ich es habe, überhaupt nicht benehmen und bewegen. Willst du, dass die ihre Wüstenflöhe hier ins Haus tragen oder die Krätze oder was sie alles für Krankheiten haben? Dann schicken sie hier die Kinder zum Betteln, und nachts klettern sie über die Zäune zu den Nachbarn und klauen wie die Raben!«

Manuela kann es nicht fassen.

»Die klettern über die Zäune?«, fragt sie.

»Siehst du doch immer im Fernsehen. Sogar über Stacheldrahtzäune hangeln sie sich rüber, um über die Grenze zu kommen. Das machen sie dann hier auch …!«

Manuela ist ganz fertig, aber sie muss es noch einmal versuchen:

»Nein, Papa, die haben ein schreckliches Schicksal hinter sich. Die sind vor den Bomben geflohen und vor den Taliban …«

Oh Gott, jetzt ist der Vater aber echt entsetzt:

»Natürlich!«, ruft er. »Moslems sind das auch noch! Das sind doch alles verkappte Terroristen. Die sprengen sich noch mitsamt unserem Haus hier in die Luft«

Manuela fängt fast an zu weinen:

»Papa! Was ist los mit dir?«

Aber er spielt jetzt seinen Trumpf aus:

»Hör mir mal zu, mein Kind: Ich habe wahrhaftig genug für die Ausländer getan. Zum Entsetzen aller unserer Nachbarn habe ich mir für fünftausend Euro Arania ins Haus geholt. Eine 24-jährige Thailänderin, die ich sogar heiraten werde! Das muss ja wohl genügen!«

Da läutet es an der Tür.

»Das werden sie sein«, stottert die Tochter …

Himmelsakrament Halleluja!

St. Nikolaus schimpft vor sich hin, nachdem er wieder an einer Wohnungstür abgewiesen wurde:

»Portofreie Rücknahme, unglaublich! Das wird ja immer schlimmer. Hallo, Leute: Stellt euch vor, ich fahr mit meinem Schlitten durchs halbe Weltall und finde mit Gottes Hilfe einen Parkplatz in der City, da kommt doch so eine Polizeifrau und will mich abschleppen lassen. Ich hätte kein Nummernschild und keine TÜV-Plakette.

Ich sage: ›Gute Frau: Ich bin St. Nikolaus.‹

Da sieht sie mich scharf an und sagt: ›Ja, so einen suchen wir grade. Warenhausdieb. Wir müssen ihren Sack konfiszieren, kommen Sie mit in Untersuchungshaft.‹ Da musste ich erst mal abhauen mitsamt dem Schlitten.

Ich bin sowieso tief enttäuscht. Bei einer ganz normalen Familie wollte ich ein Paket abgeben. Einen blauen Anorak für die kleine fünfjährige Miriam. Ich läute. Es öffnet eine junge Frau. Ich lege gleich los: ›Vom Himmel hoch, da komm ich her …‹

›Ja, das ist ja nett‹, lacht die Frau, ›ich weiß ja, Sie kommen von Zalando. Wie originell, dass Sie zu Weihnachten im Weihnachtsmannkostüm kommen.‹ Dann öffnet sie das Paket sofort, ehe ich noch etwas sagen kann. ›Tut mir leid. Der Anorak gefällt uns nicht. Den nehmen Sie bitte gleich wieder mit. Portofreie Rücknahme.‹

Ich stottere: ›Aber … so steht es doch auf dem Wunschzettel der kleinen Miriam. Dem Zettel auf ihrem Nachttischchen. Einer meiner Engel hat ihn dort in der Nacht abgeholt und zu mir in die Himmelswerkstatt gebracht.‹

Die Mutter lacht nur: ›Wie originell, guter Mann! Aber die Ausrede gilt nicht. Wir bestellen nur noch übers Internet. Mit portofreiem Rückgaberecht.‹

Ach ja, es wird immer verrückter.

Im nächsten Jahr, so habe ich erfahren, da braucht man mich dann wirklich nicht mehr. Da kommen die Weihnachtsgeschenke sowieso schon ›vom Himmel herab‹, aber nicht durch mich, sondern mit der gelben Postpaket-Drohne …

Na, Halleluja, besten Dank. Himmelsakrament!«

Nirwana im Postamt

Zum Meditieren, sagt der Buddha, soll ich mich nicht nur zurückziehen und ganz für mich in mich selbst versinken, nein: Ich muss meinen seelischen Mittelpunkt auch mitten in der Menge finden können, in der Nähe auch anderer Leute, ohne dass die es bemerken.

Die Wahrheit dieser Buddhaworte kann jeder Mensch auch auf dem Postamt erfahren. Das Postamt ist eine ideale Meditationsstätte. Auf dem Postamt kann jeder sich wunderbar selbst prüfen, ob er die innere Ruhe und Ausgeglichenheit schon besitzt – jene Seelenruhe, die er braucht, um unmittelbar ins Nirwana überzugehen. Am besten gelingt dies mitten im Weihnachtsstress.

Ich suche also ein sogenanntes Postamt auf. In der Hand trage ich drei adressierte Briefumschläge – in der Postfachsprache als Kompaktbriefe bezeichnet. Alle Umschläge gleich groß und von gleichem Gewicht.

Das dürfte wohl schnell zu erledigen sein, denke ich. Ich checke die Lage: Vor dem ersten Schalter steht schon eine beachtliche Schlange. Der Beamte hinter dem Schalter, ein schmalgesichtiger Brillenträger, erklärt einem Rentner (als solcher unschwer an der Schiebermütze und der langweilig-beigen Jacke zu erkennen) die neuesten Weihnachtsbriefmarken:

»Da empfehle ich Ihnen, lieber gleich zwei Bögen à fünfzig Marken zu nehmen«, sagt der Beamte. »Das sind doch wirklich schöne Motive, da freut sich Ihre Frau drüber!«

»Aber meine Frau hat gesagt«, meint der Rentner, »ich soll nur zehn Stück mitbringen!«

»Aber die sind doch so schnell aufgebraucht, und dann müssen Sie vor Weihnachten noch mal hierherkommen!«

»Aber meine Frau«, sagt der Rentner schon etwas eingeschüchtert, »meine Frau hat gesagt, ich soll nur zehn Briefmarken kaufen.«

Na, das kann also noch etwas dauern, sage ich mir – und entscheide mich doch lieber für die zweite Schlange. Die wird nämlich von einer Frau bedient, einer Postangestellten. Die sieht mir zwar auch nicht wie ein flinkes Eichhörnchen aus, sie hat ziemlich Übergewicht und bewegt sich gemächlich. Aber vom Supermarkt her weiß ich, dass Frauen an der Kasse immer schneller sind als Männer. Ich lege also meine Briefe auf den Tresen. »Zweimal nach Portugal und einmal innerhalb Deutschlands«, sage ich. Sie nimmt bedächtig einen der Umschläge und drückt ihn langsam durch den Probebriefschlitz. »Ja das ist ein Kompaktbrief«, sagt sie, als wäre das eine wichtige postalische Erkenntnis. Dann fährt sie fort: »So, und der soll also nach Portugal?«

»Ja, und der andere auch«, erkläre ich schnell, »der hat den gleichen Inhalt und dieselbe Größe!«

»So, so«, sagt sie, begibt sich in den hinteren Teil des Schalters und holt von dort ein kleines Heftchen, blättert darin, sucht und murmelt vor sich hin: »Portugal, Portugal ... Kompaktbrief ...« Was bedeutet das? Kennt sie nicht die Auslandspostgebühr? Ich merke, dass ich etwas unruhig werde und ermahne mich: Petra, tief und ruhig weiteratmen!

Der schmalgesichtige Kollege hat inzwischen dem Rentner die Briefmarken verkauft. Jetzt blickt er zuerst gleichmütig auf die lange Schlange vor seinem Schalter, dann wendet er sich ab. Es gibt offenbar etwas Dringenderes zu tun als die Abfertigung der Wartenden, er begibt sich nämlich zur Rückwand, an der ein gerahmtes Poster hängt: »Schalterstunden in den Weihnachtstagen und am 31. 12. 14« steht darauf. Er legt noch mal den Kopf schräg, dann entfernt er ruhig und gezielt den Rahmen, in welchem das Poster hängt. Jetzt nimmt er das Poster heraus, indem er rechts und links und oben und unten kleine Metallspangen ablöst und entfernt. Dann hält er das nun rahmenlose Poster vor sich und betrachtet es wohlwollend. Der Mann ist offenbar mit sich zufrieden. Dass sich inzwischen zwei lange Schlangen vor den Schaltern gebildet haben, bemerkt er gar nicht – oder jedenfalls beunruhigt es ihn nicht im Mindesten. Er nimmt das herabgenommene Poster, faltet es und legt es in ein Fach unter dem Tresen. Danach sieht er freundlich in die Runde, bemerkt natürlich auch die Schlange vor seinem Schalter. Das ist aber wohl ein gewohnter Anblick für ihn. Jedenfalls reagiert er darauf nicht. Ein zufriedener Ausdruck liegt auf seinem schmalen Gesicht, und jetzt lächelt er sogar ein wenig. Er freut sich auf irgend etwas. Dann greift er wieder unter den Tresen, und – siehe da! – er hat ein neues Poster in der Hand, das er auch wieder vor sich hinhält. Dann schreitet er damit zur Rückwand, wo noch der Rahmen an die Wand gelehnt steht, nimmt ihn, legt das Poster ein und schiebt wirklich sehr liebevoll die kleinen Metallspangen wieder ein, um das Poster im Rahmen zu befestigen. Dann hängt er es in aller Ruhe wieder an die Wand. Auf dem Poster steht: »Schalteröffnungszeiten ab 1. 1. 2015«. Er betrachtet sein Werk noch einmal – stolz wie ein Kunstmaler in der Kunstgalerie.

Meine Postbeamtin hat inzwischen in ihrem Büchlein das gültige Porto für einen Brief nach Portugal gefunden. Sie scheint sich aber trotzdem nicht ganz sicher zu sein. Vorsichtshalber schaut sie zu ihm rüber und fragt ihn:

»Du, Carsten, Portugal ist doch EU oder?«

»Ja«, bestätigt der nun sehr kompetent, »genauso wie Österreich und Frankreich – nur die Schweiz« – er hebt den Zeigefinger –, »die will immer was anderes, obwohl ja direkt daneben Österreich ist und so nah dran an Deutschland!«

Keine Ahnung, wie viel Zeit mittlerweile vergangen ist.

Ich habe den ersten starken Empörungsschub überwunden, ich habe auch den dringenden, fast schmerzlich drängenden Wunsch überwunden, einfach mal loszuschreien: »Verdammt noch mal, Sie Schlafwagenschaffner, beeilen Sie sich gefälligst!« Seelisch und spirituell bin ich längst aus der Enge des irdischen Postamtes aufgestiegen und befinde mich in den höheren Sphären, wo die sanften Flügel der Geduld schon zu Panzern der Erkenntnis geworden sind. Ich weiß inzwischen: Keine Sekunde meines Lebens ist vergeblich, ich muss sie in mein Bewusstsein heben. Zwei noch so lahmarschige Postangestellte dürfen nicht in der Lage sein, mir die Zeit zu stehlen – denn das Nirwana hat für mich schon begonnen – und im Nirwana gibt es keine Zeit.

Die Beamtin überlegt noch ganz fröhlich, mit welchen Marken sie das Porto zusammenbasteln kann. Sie klebt eine 1-€-Marke, und noch zwei weitere schöne bunte Marken auf den Brief und bringt ihn weg. Kommt wieder und nimmt sich den zweiten Brief vor. »Das ist genau das Gleiche«, sage ich in einem kurzen Anfall von Ungeduld. Sie aber überbietet mich sogar an himmlischer Ruhe auf Erden: Sie steckt auch den zweiten Brief wieder bedachtsam in ihren Probeschlitz und stellt fest, dass es auch ein Kompaktbrief ist, weil er ja ganz wunderbar dort reinpasst.

Nun hat meine Postbeamtin aber nachgedacht und diesmal das Porto mit nur zwei Briefmarken zusammengestellt. Das ist so beachtlich, dass ich der Sache nicht traue. Der dritte Brief geht nur nach Deutschland – aber auch der darf durch den Probeschlitz und wird als Kompaktbrief eingeordnet.

Ich spüre noch einmal einen leichten Anfall von Ungeduld. Darum warte ich gar nicht erst ab. bis Schwester Postangestellte das Porto auf ihrem Rechner addiert hat, vielmehr habe ich mich nicht beherrschen können, es schon im Kopf auszurechnen. Eh sie mir den Preis für das Porto sagen kann, lege ich den Betrag abgezählt auf den Tresen, quetsche ein »Danke« raus und verlasse mit einer etwas zu heftigen Abkehrbewegung diesen Tempel der Ruhe und Unerschütterlichkeit.

Die Treppen des Postamts schreite ich mit der etwas bitteren Erkenntnis herab, dass ich es in Sachen buddhistischer Gelassenheit noch längst nicht so weit gebracht habe wie die heiligen Postbeamten. Während ich noch auf der Erde das Nirwana anstrebe, haben sie es aus lauter Dickfelligkeit schon lange erreicht.

Das ist der Vater!

Wenn dich so nebenbei vor Weihnachten dein
Mann mal fragt:
Was dir an Autotypen eigentlich gefällt.
Ob dir Ferrari rein als Name irgendwie was sagt,
Und dass er es für ein Frauenauto hält.

Wenn er dann irgendwann vor Weihnachten mal
fallenlässt:
Was sich die Leute alles schenken, also nein.
Man soll bescheiden sich beschenken, denn das
Weihnachtsfest
soll doch das Fest der Liebe und der Armut sein.

Dann halt die Luft an. Stell keine Fragen.
Nichts ist zu teuer für den Mann, er kauft es dir.
Und Heiligabend wird er dir sagen:
Guck doch mal raus: Da steht ein Auto vor der Tür.

Wenn du vor Weihnachten vergeblich deine Hose
suchst.
Deine Trainingshose – die zum Jogginglauf.
Alle Schränke siehst du durch, du motzt herum
und fluchst.
Und deine Frau sagt: Pass doch besser darauf auf.

Doch am nächsten Tag liegt sie dann wieder stumm
im Schrank,
Deine Hose – als ob nichts gewesen wär,

Dann zieh sie an wie immer, lauf darin und frag nicht lang:
Wieso, wo kommt denn jetzt die Hose wieder her?

Nein, halt die Luft an! Stell keine Fragen!
Du kriegst 'nen Sportanzug vom Feinsten, das ist klar.
Und Heiligabend wird sie dir sagen:
Dass deine Hose mit zum Anprobieren war!

Heiligabend, liebe Kinder, wenn am Weihnachtsbaum
Schon die Kerzen brennen, es ist schon nach vier.
Dass der Vater noch nicht da ist, das erwähnt man kaum –
Und da klopft es auch bummbumm schon an der Tür.

Draußen steht ein Kerl, der hat 'nen roten Mantel an
Und 'nen weißen Bart und Schnee auf seinem Haupt
Und er brummt mit tiefem Bass: Ich bin der Weihnachtsmann.
Bitte, tut so Kinder, als ob ihr ihm glaubt.

Das ist der Vater! Der spielt Theater.
Also bitte, Kinder, stellt euch etwas blind.
Das ist der Vater! Und dies Theater
Na, das braucht er halt – er ist ja noch ein Kind!

Omas Überraschung

Ich sage gestern Abend zu Sebastian, meinem Mann:

»Ich habe so das dumme Gefühl: Deine Mutter hat diese Weihnachten denselben genialen Einfall wie voriges Jahr. Ich mag gar nicht dran denken.«

Im vorigen Jahr, das war nämlich so:

Um 18 Uhr kam Oma an. Mit dem Taxi und drei großen Paketen. Seltsame, unförmige Pakete. Sie war noch nicht ganz in der Wohnung, da fing sie schon an:

»Beeilt euch mit der Bescherung. Ich kann nicht so lange warten – wegen der Überraschung!«

»Wieso?«, habe ich gefragt. »Werden deine Geschenke schlecht? Leicht verderbliche Ware oder was?«

Aber sie so ganz geheimnisvoll:

»Nein, nein – aber sie müssen dringend ausgepackt werden!«

Wir kamen richtig in Stress. Schnell die Kerzen am Baum anzünden. Ole und Amelie, unsere Kinder, kamen herein. Sebastian schenkte noch schnell einen Sherry ein und wollte gerade »Fröhliche Weihnachten!« rufen – da klang es irgendwie, als hätte etwas geknurrt …

Oma griff eilig nach dem größten Paket, drückte es Ole in die Hand. »Das ist für dich. Schnell aufmachen! Sonst erstickt er noch.« Gleichzeitig gab sie Amelie das etwas kleinere Paket. »Du auch, zack, zack, sie fürchtet sich so.«

Na ja – und dann war die Überraschung perfekt: Ole hielt eine mittelgroße Promenadenmischung in der Hand, die ihm sofort das Gesicht ableckte. Und Amelie rief: »Oh wie niedlich, oh wie schön! Ein Kätzchen, ein kleines Kätzchen!« Das allerdings sofort anfing, sie zu kratzen und in Panik die Gardinen hochkletterte.

Die Kinder waren völlig aus dem Häuschen.

»Ein Hund, wie schön!«

»Ein Kätzchen. Oma, ich liebe dich!«

Ich sagte erst mal gar nichts und wagte dann nur schüchtern einzuwenden: »Mutter, du hättest uns doch vielleicht fragen müssen, weil ...«, aber, oha, das war natürlich völlig falsch.

»Kein Mensch denkt Heiligabend an die Tiere. Wir vom Tierschutzbund sind die Einzigen, die sich um die armen Wesen kümmern. Herzlos seid ihr alle! Wer die Tiere nicht liebt, kann auch keinen Menschen lieben. Wollt ihr diese armen Kreaturen etwas wieder verstoßen? Gut, dann bringe ich sie eben wieder zurück. Vielleicht haben ja andere Leute mehr Mitgefühl ...«

Das war natürlich listig und gemein von ihr.

»Nein, Oma, nein!«, riefen die Kinder. »Es sind unsere Weihnachtsgeschenke. Die dürfen wir behalten ...«

Was blieb uns anderes übrig. Sebastian und ich genehmigten uns erst mal einen doppelten Wodka. Und Sebastian flüsterte mir zu: »Keine Angst. Bis Neujahr sind wir die Viecher wieder los. Dann sind sie uns eben leider ... irgendwie entlaufen, verstehst du?«

Aber der Plan ging natürlich nicht auf. Ehrlich gesagt, Franziska ist wirklich ein wunderschönes Kätzchen – ja, Franziska haben wir sie genannt. Die konnte ich doch unmöglich wieder irgendwo aussetzen. Sebastian hatte es ja tatsächlich vor. Er wollte »die Mieze und den Straßenköter«, wie er sich ausdrückt, irgendwo im Wald aussetzen wie Hänsel und Gretel. Das gab einen richtigen Krach –

zwischen meinem Mann und mir. Ich sei inkonsequent und sentimental.

Na gut, das haben wir ausgestanden.

Allerdings – jetzt habe ich doch ein bisschen Angst vor diesem Heiligabend. Oma kann man auf das Thema einfach nicht ansprechen. Und Sebastian sagte gestern: »Ich freu mich schon auf Omas Überraschung. Es soll im Tierheim auch entlaufene Affen geben – und weiße Ratten.«

Rumpelstilzchen

Auf der Bühne stehen eine Spindel und ein Ballen Stroh.
Davor sitzt die schöne Bauerstochter:

DIE SCHÖNE BAUERSTOCHTER:
O Himmel, ich mag nicht länger mehr leben.
O Himmel, jetzt soll ich mein Kind hergeben.
Das Männlein wird mir gleich wieder erscheinen.
Da hilft mir kein Betteln mehr und kein Weinen.
Ja, es wird kommen zum dritten Mal.
Nun aber bringt es mir Kummer und Qual.
Zweimal macht' es mich glücklich und froh.
Zweimal macht' es mir Gold aus Stroh.
Zweimal kam schon das Männlein herein
und sprach:
Ein Männlein im guten Anzug erscheint im Hintergrund

DAS MÄNNLEIN:
Du musst doch nicht traurig sein.
Gold aus Dreck oder Stroh zu machen,
das ist doch eine der leichtesten Sachen.

DIE SCHÖNE BAUERSTOCHTER:
Mein Gesicht war noch von den Tränen nass.
Er aber tat, als wär alles nur Spaß.
Er sprach:

DAS MÄNNLEIN:
Tu erst mal deine Spindel beiseite.
So etwas macht man ganz anders heute.

Die schöne Bauerstochter:

Er nahm eine kleine Schachtel zur Hand,
da tippte er drauf, und ich verstand:

Das Männlein *(spricht in das iPhone):*

»Kaufen Sie heut noch, und zwar nicht so wenig:
Staatsderivate für das Konto ›König‹.
Die Staatsanleihen vom griechischen Reich
sind völlig im Eimer. Also kaufen Sie gleich.«
Die Euro-Partner ohne Gehirn
erweitern schon wieder den Rettungsschirm.
Daher werden die faulen Staatsanleihen
morgen dreißig Prozent gestiegen sein.
Dann verkaufen wir wieder, mein schönes Kind,
wodurch wir die klugen Gewinner sind.
Und wenn der Kurs am nächsten Tag
desto tiefer in den Keller gefallen sein mag,
geht es uns doch nichts an. Wir haben die Taler.
Den Verlust bezahlt ja der Steuerzahler.

Die schöne Bauerstochter:

Ich verstand überhaupt nichts. Das war Zauberei,
doch das Männlein lachte und tanzte dabei.

Das Männlein:

So macht man, mein schönes Mägdelein hold,
aus Stroh Moneten und aus Scheiße Gold!
(Das Männlein tritt wieder ab)

Die schöne Bauerstochter:

Ja, so ist es schon zweimal gewesen.
Morgens kam immer der König herein
und sagte: »Du goldenes Mägdelein.
Du hast es vollbracht. Ich liebe dich so.

Du hast verwandelt in Gold mein Stroh.
Es stehen jetzt in Form von Goldpenunzen
auf meinem Konto 10 000 Unzen!«
Da steckt mich der König in schöne Kleider:
»Aber, meine Schönste und Liebste, leider
hab ich den Hals noch lange nicht voll.
Mach mir mehr, mach mir mehr!« Zum dritten Mal soll
ich heute verwandeln sein Stroh in Gold.
Wenn's noch einmal klappte, ja, dann wollt
zur Frau er mich nehmen, weil ich immerhin
ja auch schon sechs Wochen schwanger bin.
Zweimal schon hat er mich angelogen,
mich mit dem Versprechen ins Bett gezogen:
Ich lasse dich krönen zur Königin,
so dass – wie gesagt – ich jetzt schwanger bin.
Nun ist mir schon wieder ganz schwindelig,
verzweifelt dreh an der Spindel ich.
Hilf mir, o Männlein, zum dritten Male,
weil ich doch sonst mit dem Leben bezahle.
Mach ich das Stroh nicht noch einmal zu Gold,
so hat er geschwor'n, dass mein Kopf morgen rollt.
Sie weint. Das Männlein tritt auf.

DAS MÄNNLEIN:
Was weinst du schon wieder? Ich bin doch dein Freund,
der Gold für dich macht und es gut mit dir meint.

DIE SCHÖNE BAUERSTOCHTER:
Da bist du ja, mein Tröster, zu mir wie ein Vater,
mein Goldmacher du, mein Anlageberater.
Hilf mir noch mal mit dem Insiderwissen,
das Stroh zu verwandeln. Dann werd ich dich küssen.

Das Männlein:

Kein Problem, mein Kind. Mit dem iPhone hier
verkauf ich leeres Stroh und krieg Boni dafür.
Das geht in Sekunden. Ich kenne diverse
marode Papiere an der Frankfurter Börse,
die mix ich zu einem Immobilienfonds
keine Sau weiß womit, keine Sau weiß wovon,
doch ich stoße sie ab mit 'nem Klick, siehst du: so.
Schon wieder haben wir Gold für dein Stroh.
und der König muss dich am Leben lassen.
Darf ich wohl mal an dein Bäuchlein fassen?

Die schöne Bauerstochter *(weicht zurück)*:

Was soll das? Was willst du? Geh von mir. Verschwind!

Das Männlein:

Aber nein, meine Schöne. Ich krieg doch dein Kind.
Das war die Bedingung. Das weißt du genau.

Die schöne Bauerstochter:

O bitte, vergib mir. Ich arme Frau!
Es ist doch das Kind meines Königs, ein Prinz.

Das Männlein:

Ganz recht. Und dieses Kind ist der Zins.
Ich zaubert' für dich lauter Gold aus nix.
Jetzt bezahlst du mir gefälligst meine Börsentricks!

Die schöne Bauerstochter *(reißt ihm das iPhone aus der Hand)*:

Geh fort! Ich habe dein iPhone gestohlen.
Verschwinde! Sonst soll dich der Teufel holen.

DAS MÄNNLEIN *(lacht):*

Und wenn du ans Ende der Welt damit rennst,
was nützt es dir, wo du mein Passwort nicht kennst!
Was nützt es dir, wo du mein Passwort nicht weißt?
Nur wenn du errätst, wie mein Passwort heißt,
lass ich dir dein Kind. Doch das findest du nie.
Ich hol mir dein Kind! Ich hol's mir. Hihi!
Geht singend ab
Ach, wie gut, dass niemand weiß,
wie mein schwieriges Passwort heißt.

DIE SCHÖNE BAUERSTOCHTER:

Ich bin verloren. Was nützt mir das Gold
wenn mein Kopf mir vom Hals auf die Füße rollt.

Eine Hackerin tritt auf

HACKERIN:

Was ist hier los? Warum weinst du, meine Schwester. Kann ich helfen? Ich komm vom CCC.

DIE SCHÖNE BAUERSTOCHTER:

Vom CCC? Wer ist das denn?

HACKERIN:

Das ist der Chaos Computer Club, meine Schwester.

DIE SCHÖNE BAUERSTOCHTER:

Oh wie schön! Dann bist du ja eine Hackerin! Kannst du auch Passwörter rauskriegen?

HACKERIN:

Passwörter? Wenn's sonst nichts ist, Schwester. Wir haben den Dilettanten vom BKA grade nachgewiesen, dass sie praktisch überhaupt keine Ahnung haben von Datenüberwachung.

Die schöne Bauerstochter:
Ein Männlein hat mein Stroh zu Gold gemacht und will mir mein Kind wegnehmen, wenn ich sein Passwort nicht rausfinde.

Hackerin:
Ach, der ist das. Na, das weiß doch jeder. »Ach wie gut, dass niemand weiß …« Der war doch überhaupt der Erfinder des ersten Passworts. Gib mir her das Ding. Das Passwort ist natürlich »rumpel5tilZchen«
Ein furchtbarer Donner grollt

Beide *(erschrocken)*.
Oh Gott, was war das?

Das Männlein springt wie Rumpelstilzchen herein

Das Männlein:
Oh verflucht, oh verdammt! Der große Crash. Alles bricht zusammen. Das Geld ist nichts mehr wert. Alle Wertpapiere sind Makulatur. Ich reiß mich mittendurch von unten bis oben. Ich bin pleite, ich bin fertig!
Fällt um

Hackerin:
Armer Kerl. War ja zu erwarten. Das Geld auf der Welt ist nun nichts mehr wert.

Die schöne Bauerstochter:
Aber das Gold. Ich habe ja das Gold. Das Gold und mein Kind!

HACKERIN *(zum Publikum)*:

Und so lebte sie mit Herrn König und dem Kind glücklich und zufrieden. Und wenn der Staat das Gold nicht von Gesetz wegen wieder einkassiert hat, so leben sie noch heute …

Die Streichholz-Aufgabe

Sie haben vielleicht auch schon mal ziemlich spät am Abend eines dieser Knobelspiele im Fernsehen gesehen. Da sieht man dann entweder so geometrische Figuren, die übereinandergelegt sind, und man soll angeben, wie viele Dreiecke sich ergeben haben. Oder da sind z. B. die Zahlen 7 und 1 zu sehen. Aus Streichhölzern gelegt. Dazu die Frage: »Wissen Sie, welches Streichholz verlegt werden muss, damit aus der 17 eine 14 entsteht? Dann rufen Sie bitte an unter 0900-376894 – und gewinnen Sie 160 000 Euro!« Und ganz klein daneben: € 2,90 pro Minute.

Nun gibt es ja schon fünfjährige Kinder mit hoher Spezialbegabung. Die können ganz leidlich lesen und solch eine Streichhölzer-Zahlenaufgabe ist für die ein Klacks. So wie für Charlotte, die Tochter meines früher mal ganz gutsituierten Freundes Ottmar. Sie ist sonst wie alle Kinder – nur eben mit dieser Spezialbegabung. Ottmar ist Autovertreter. Eines Abends, während er mit einem Kunden verhandelte, bekam er einen Anruf:

LOTTE: Hallo, Papa.

OTTMAR: Ja, mein Kind, was gibt's denn. *(zum Kunden)* Entschuldigung, meine kleine Tochter. (*zu Lotte*) Ist Mama nicht zu Hause?

LOTTE: Soll ich mal was sagen, Papa: Wir werden jetzt ganz reich, Papa. Wir kriegen ganz, ganz viel Geld.

OTTMAR: Ja, das ist ja schön. Bist du allein zu Hause?

LOTTE: Ich muss nur das eine Streichholz runterziehen.

OTTMAR: Mama ist also nicht zu Hause? Charlotte, dein Papa ist hier zu Besuch bei einem Kunden, weißt du.

Dein Papa muss doch Geld verdienen. Siehst du fern oder was?

LOTTE: Papa, du brauchst kein Geld mehr verdienen. Lotte verdient gaaanz viel Geld. Ich muss nur das eine Streichholz ziehen …

OTTMAR: Ja, ist ja gut. Gib mir doch bitte mal … Moment, was ist los? Was für ein Streichholz?

LOTTE: Wo Lotte mitspielt. Damit wir reich werden, Papa.

OTTMAR: Um Gottes willen, du spielst mit Streichhölzern? Leg die Streichhölzer sofort weg. Lotte! Man darf nicht mit Streichhölzern spielen. Hörst du mich? Das ist böse, das ist ganz doll gefährlich.

LOTTE: Nein, Papa. Ich mach doch kein Feuer …

OTTMAR: Leg sofort die Streichhölzer weg. Hol mir jetzt deine Mutter. *(zum Kunden)* Entschuldigen Sie, meine Tochter steckt gleich das Haus an. *(zu Lotte)* Lotte? Hallo, Lotte, hörst du mich? Sag doch mal was.

LOTTE:Nicht böse sein, Papa.

OTTMAR: Nein, Lotte, aber du musst die Streichhölzer weglegen. Kein Feuer machen. Das ist ganz, ganz, ganz, ganz schlimm …

LOTTE: Ich hab keine Streichhölzer, Papa.

OTTMAR: Aber eben hast du gesagt, du hast welche.

LOTTE: Nein, Papa …

OTTMAR: Lotte. Sei ganz ruhig, mein Kind. Papa ist nicht böse. Aber Streichhölzer sind böse. Ganz, ganz böse. Wo ist denn deine Mama?

LOTTE: Mama schläft, Papa. Ganz lange schon.

OTTMAR: Ach so. Und da hast du die Streichhölzer aus der Schublade in der Küche genommen. Tu sie sofort wieder dahin, Hörst du.

LOTTE: Streichhölzer sind nicht böse. Davon werden

wir reich, Papa. Ich muss nur das eine Streichholz von oben nach unten …

OTTMAR: Du tust jetzt sofort die Streichhölzer zurück in die Schublade!. Ich werde verrückt. Ich ruf die Polizei. Lotte. Oh Gott, was macht sie jetzt …? Lotte, sag doch etwas!

LOTTE: Streichhölzer im Fernsehen, Papa. Ich hab den netten Onkel angerufen. Ich muss nur das eine Streichholz rechts von oben runterziehen …

OTTMAR: Streichhölzer im Fernsehen? Du darfst nicht zum Fernseher gehen. Den darfst du nicht anfassen. Wo hast du angerufen?

LOTTE: Bei den Streichhölzern. Bei dem netten Onkel. Wer es weiß. kriegt ganz viel Geld. Eine eins und eine zwei und eins-, zwei-, drei-, viermal die Null dahinter. Ist das einhundertsechzig Mal Tausend, Papa?

OTTMAR: Ja, natürlich. Augenblick mal. Du hast gar keine Streichhölzer. Die sind im Fernseher. Ach so, mein Kind. *(zum Kunden)* Na, Gott sei Dank: Sie meint dieses Ratespiel. Wo man mit Streichhölzern eine Zahl legt oder einen Buchstaben. Diese Abzocke, wissen Sie. Wo dann tausend Leute anrufen auf der 900er-Nummer. 30 Sekunden 3 Euro. – So, mein liebes Kind. Jetzt musst du aber auch zu Bett gehen, weißt du. Wenn deine Mama schon schläft, darfst du doch nicht mehr am Fernseher sein.

LOTTE: Aber ich muss es ihm doch noch sagen, Papa.

OTTMAR: Wem musst du was sagen?

LOTTE: Dem Onkel, Papa. Nur das eine Streichholz von oben nach unten, dann wird aus der Sieben eine Vier. Ich weiß das. Da kriegen wir ganz, ganz viel Geld.

OTTMAR: Ja, das ist schön, mein Kind. Aber du sagst doch, du hast den netten Onkel schon angerufen. Dann hat er sich das aufgeschrieben …

LOTTE: Nein, Papa, er meldet sich ja nicht, es ist immer nur Musik. Immer noch. Hör doch mal, Papa.

OTTMAR: Wieso? Was ist denn das? Ich hör Musik. Hallo, Lotte. Lotte! Lotte! Mein Gott, geh wieder ran. Ich hab genug Musik gehört. Ja, Lotte. Aber wie kommt denn das? Woher kommt denn die Musik?

LOTTE: Aus dem Handy, Papa.

OTTMAR: Aus dem Handy? Du hast von Mamas Handy aus die 0900 angerufen?

LOTTE: Ja, Papa, der Onkel meldet sich noch nicht. Immer nur Musik. Hörst du?

OTTMAR:Ja, verdammt noch mal, ich höre. Ich höre! Lotte! Lotte! Drück sofort beim Handy auf den roten Hörer.

LOTTE: Nein, Papa. Ich weiß doch die Lösung. Da werden wir doch ganz reich, wenn sich der Onkel meldet.

OTTMAR: Um Himmels willen. Wie lange hörst du die Musik schon?

LOTTE: Doofe Musik. Seit Mama zu Bett gegangen ist.

OTTMAR: Oh Gott! Lotte, du legst jetzt sofort auf. Sofort legst du jetzt ... nein, nicht dieses Telefon. Das Handy. Himmel, die telefoniert seit über einer Stunde mit dem Handy auf 0900 ... *(zum Kunden)* Entschuldigen Sie, ich muss sofort nach Hause!

Wie gesagt: Mein ehemals ganz gut situierter Freund Ottmar hatte dieses Erlebnis.

Ein Hilferuf!

Weihnachtsmann, ich rufe: Weh!
Ich hab vergessen von meinem PC
Das Passwort, und das ist sehr schlimm,
Denn im Computer steht doch drin
Das Passwort mit dem Handycode,
Im Handy aber – große Not –
Hab ich gespeichert aufbewahrt
Den PIN für meine Schließfach-Card,
Im Schließfach wiederum – wie hart –
Liegt meine Kredit-Mastercard.
Darum, o Weihnachtsmann, versteh:
Ich brauch das Passwort vom PC.
Damit ich, weltverlassener Mann,
Mein Handy wieder öffnen kann,
Denn in dem Handy steht ja drin,
Gespeichert mein geheimer PIN
Fürs Schließfach, dort befindet sich
Ja doch die Mastercard für mich.
Mit dieser hol ich stets in Raten
Mir Geld aus dem Geldautomaten.
Den PIN hab ich im Kopf, versteh.
Ich brauch das Passwort vom PC!!!

Herrn Wolffs Geheimnis

Vorige Nacht hatte ich einen Traum. Ich war gestorben und befand mich im Himmel, wo denn auch sonst. Da saß der liebe Gott auf einem ganz normalen Stuhl am Küchentisch, und vor ihm standen Walther Dreyer und Herr Martin Wolff.

Der liebe Gott hatte wohl grade Walther Dreyer gefragt, was er denn wohl so gemacht habe im Leben, ob es der Menschheit genützt habe. Und Walther Dreyer – er war ein Bekannter von mir, also Sportsfreund, will ich mal sagen – legte sich gleich ins Zeug, wie er das immer macht, wenn er von sich selber erzählt. Dass er prokuraberechtigter Geschäftsführer bei Shell Deutschland war und direkt dem Vorstand unterstand und verantwortlich für die Abteilung Marketing und für vierhundert Angestellte und dass das in der Wirtschaftskrisenzeit eine schwere Aufgabe war, weswegen er zwei Herzinfarkte erlitten habe. Und er habe seine Aufgabe auch immer darin gesehen, für seine Untergebenen da zu sein, ihnen ihren Arbeitsplatz zu sichern, auch und gerade dann, wenn er mal hin und wieder aus Rationalisierungsgründen jemanden entlassen musste. Außerdem sei er als Pensionär sechs Jahre Präsident des Golfclubs Waldsee gewesen und hätte dafür gesorgt, dass das Niveau des Vereins sportlich und auch gesellschaftlich erheblich verbessert werden konnte. Auch hätte er es geschafft, viele prominente Persönlichkeiten an den Club zu binden usw. usf.

Der liebe Gott hörte Walther Dreyer durchaus freundlich zu und machte sich in aller Ruhe Notizen.

Danach kam Herr Martin Wolff an die Reihe. Herrn Martin Wolff kenne ich auch – besser gesagt: ich kannte ihn, denn er ist ja ebenfalls in der vorigen Woche gestorben. Herr Martin Wolff war schon mindestens zehn Jahre Rentner, er wird also wohl mindestens 75 gewesen sein, als der Herr ihn zu sich rief an seinen Küchentisch, um ihn zu befragen. Wolff sieht eigentlich noch mehr wie der liebe Gott aus als der liebe Gott selbst. Er hat genau diese schlohweiße Mähne, wie Kinder sie immer malen, wenn sie den lieben Gott malen. Durch die Eibenstraße kam er mir immer tiefgebeugt entgegen, er trug meistens ziemlich ausgebeulte Rentnerhosen und eine Strickjacke und diesen typischen Rentnerdeckelhut auf dem Kopf und dann schlurfte er in seinen ausgelatschten Stiefeln über den Gehweg. Wenn er mich kommen sah, blieb er immer stehen und hob den Kopf, so dass er fast grade stand, und seine hellblauen Augen blickten mich ernst und freundlich an.

»Und was hast du vollbracht in deinem Leben?«, fragte ihn der liebe Gott. Da holte Herr Wolff tief Luft, und ich dachte: Hoffentlich erzählt er ihm jetzt, dass er Bauingenieur war und in seinem Leben an drei modernen Kirchen in Rheinland-Pfalz als Zimmermann mitgewirkt hat. Das ist doch was für den lieben Gott. So was kann man doch vorweisen im Himmel.

Stattdessen trat Herr Wolff einen Schritt vor und sagte ganz leise, so dass Walther Dreyer es nicht mithören konnte: »Darf ich dir mal mein Geheimnis verraten?« Stellen Sie sich das mal vor: Beugt sich vor zum lieben Gott und fragt ihn, ob er ihm ein Geheimnis verraten kann.

Oh Gott, hab ich nur gedacht. Jetzt fängt er wieder damit an. Herr Wolff und sein Geheimnis.

Na ja, und dann hat Herr Wolff dem lieben Gott sein

Geheimnis erzählt mit genau denselben Worten, mit denen er es mir erzählt hat. Immer wenn ich Herrn Wolff bei uns in der Parallelstraße begegnet bin, sprach er mich an, dabei hatte ich wahrhaftig andere Dinge im Kopf, die nun mal wichtiger sind als das Geheimnis von einem tüdeligen alten Mann.

Denn das war Herr Martin Wolff für mich. Ein tüdeliger alter Mann. Wenn ich ihm also begegnete, sah er mich mit seinen freundlichen hellblauen Augen an und fragte:

»Na, haben Sie heute Zeit? Ich wollte Ihnen doch mal mein Geheimnis zeigen. Das ist was für Sie. Warten Sie hier. Ich hol sie eben raus.«

»Wieso denn ›sie‹?«, dachte ich noch beim ersten Mal. »Hat er da 'ne Schaufensterpuppe als Geliebte oder so was?« Unsereiner hält ja immer das Schlimmste für möglich. Aber dann stellte er ›sie‹ vor mich hin:

Die Leiter.

Ja, eine Haushaltsleiter. Im unteren Bereich war aber etwas angebracht – eine Sperrholzplatte, und die Füße sahen auch ungewöhnlich aus.

Ich sah ihn etwas irritiert an und sagte ratlos: »Aha.«

»Das ist eine besondere Leiter«, sagte Herr Wolff. »Eine Leiter, die nicht kippen kann.

Mit dieser Leiter kippt man nicht mehr um. Seh'n Sie mal hier«. Und dann erklärte er mir seine Erfindung: eine Konstruktion aus dicken Sperrholzplatten, Scharnieren und Bowdenzügen, die er an die Leiter montiert hatte.

Jeder kennt das ja, dass eine Leiter nicht ganz fest auf dem Boden steht, wenn der Boden nicht ganz plan ist. Dann wackelt sie eben ein bisschen, weil eines der Beine sozusagen in der Luft hängt. Herr Wolff hatte nun zwei sich gegeneinander drehende dicke Sperrholzplatten an der Leiter befestigt, an denen rechts und links je ein Bein angebracht war. Wenn die Leiter nun an einer Seite tiefer stand, dann senkte sich das Bein an die tiefe Stelle und das andere Bein hob sich etwas. Das heißt also: Die Leiterbeine waren voneinander abhängig und zwar sowohl an der Vorderseite der Leiter als auch an der Rückseite. Die Vorderseitenbeine der Leiter waren aber auch über eine Holzleistenkonstruktion miteinander gekoppelt. Dadurch konnte die Balance der Leiter auch ausgeglichen werden, wenn sowohl die obere Stufe als auch die untere Stufe, auf der die Leiter mit je zwei Beinen stand, nicht ganz waagerecht war.

Das also war Herrn Wolffs Leiter, die nicht umkippen kann. Herr Wolff erklärte dem lieben Gott liebevoll die genaue Funktion, wie er sie auch mir erklärt hatte. Ich gebe ja zu, so ganz begriffen habe ich die geniale Funktion dieser Erfindung nicht. (Ich kann mir aber gut vorstellen, dass der liebe Gott sie auch nicht begriffen hat.)

Ich nahm die Leiter in die Hand und wackelte ein bisschen damit hin und her.

»Großartig«, sagte ich. Was sollte ich auch sonst sagen.

»Ich habe lange nachgedacht«, sagte Herr Wolff, »ob ich nach meiner Pensionierung noch etwas tun könnte für die Menschheit. Da habe ich gelesen, dass jedes Jahr im Haushalt mindestens 300 Menschen, meistens Hausfrauen, mit der Haushaltsleiter umkippen.

Das ist doch ein großes Übel. Die armen Frauen. Nur weil die Leitern nicht stabil auf dem Boden stehen. Dagegen muss man doch etwas tun können, habe ich mir gedacht. Zwei Jahre lang habe ich an der technischen Lösung gearbeitet. Es musste einfach sein, mit einfacher Mechanik. Hier, seh'n Sie mal.« Er holte eine Zeichnung aus dem Schuppen und breitete sie vor mir auf dem Gartentisch aus.

»Großartig«, sagte ich noch einmal.

»Ich bin froh, dass ich diese Lösung gefunden hab. Das könnte Hunderte von Leiterbenutzern vor Verletzungen bewahren.«

»Ja, natürlich«, sagte ich und gab mir Mühe, ganz ernst zu bleiben. »Vielleicht sogar das Leben retten. Wie leicht bricht man sich das Genick, wenn man von der Leiter fällt.«

»Danke«, sagte Herr Wolff. »Das wusste ich, dass Sie es begreifen.«

»Ja klar«, sagte ich. »Aber was nun? Haben Sie das Patent angemeldet? Sie müssen unbedingt an einen großen Leiterhersteller herantreten. So einer kann vielleicht Millionenumsätze mit Ihrer Erfindung machen.«

»Das ist nicht wichtig«, sagte Herr Wolff. »Ich habe mir diese Sache ja nicht einfallen lassen, um reich zu werden. Es geht mir um die Menschheit. Ich wollte der Menschheit einen Dienst erweisen.«

Ja, und nun wollen Sie natürlich wissen, was der liebe Gott in meinem Traum zu Herrn Wolff gesagt hat und wie der liebe Gott Herrn Wolffs Leiter, die nicht umkippen kann, gefunden hat.

Ich muss Ihnen die Antwort leider schuldig bleiben. Ich hab das Ende des Traums entweder gar nicht geträumt oder vergessen.

Dabei hätte ich mir einfach etwas ausdenken können – woher wollen Sie wissen, was ich geträumt habe und was nicht. Ich hätte mir zum Beispiel ausdenken können:

Und da sagte der liebe Gott:

»Martin Wolff, du hast deine Prüfung bestanden. Schon seit sechshundert Jahren ärgern wir uns hier im Himmel mit den Himmelsleitern herum. Die müssen ja immer auf einer Wolke stehen, wenn die Engel die Sterne putzen.

Aber diese verdammten Wolken sind so was von unausgeglichen, dass die Leitern immer wackeln, so dass die Engel runterfallen und sich die Flügel verstauchen. Martin Wolff, du hast dem Universum einen großen Dienst erwiesen. Du kommst erst mal in den Erholungshimmel, und später können wir dich in unserer Weihnachtswerkstatt einsetzen.«

Martin Wolff sagte:

»Danke, lieber Gott. Ich habe gewusst, du würdest mich verstehen.«

Aber das Schönste an diesem Ende wäre, dass der liebe Gott dann noch gesagt hätte:

»Und du, Walther Dreyer, mit deinem dämlichen Geschäftsführerposten bei Shell und deiner albernen Präsidentschaft im Golfclub, du glaubst doch wohl nicht im Ernst, dass ich dich hier reinlasse! Abgelehnt!«

Und dann hör ich noch, wie Walther Dreyer zu protestieren versucht:

»Aber, Herr Gott, ich habe doch sogar persönlich mit der OPEC verhandelt, der Wirtschaftsaufschwung ist auch auf mein Wirken zurückzuführen. Dass ich 200 Arbeitnehmer entlassen musste, das war doch eine weitsichtige Maßnahme im Interesse der Gesamtwirtschaft ...« Da hatten ihn dann bereits zwei Türsteherengel gepackt und brachten ihn fort. Vielleicht in die Hölle, ich weiß es nicht.

Ja, also so ein Ende hätte ich mir ausdenken können. Aber es wäre eben ausgedacht gewesen, denn ich habe ja leider nicht zu Ende geträumt.

Und ehrlich gesagt, ich könnte mir ebenso gut vorstellen, dass es umgekehrt kommt. Dass der liebe Gott nur sagt: »Willst du mich verarschen, Martin Wolff, mit deiner blöden Leiter, die keine Sau begreift?« Und Walther Dreyer darf in den Himmel rein. Denn Gottes Urteile sind ja bekanntlich seltsam und sowieso nicht zu verstehen.

St. Nikolaus lebt!

Liebe Kinder, jetzt geht es also schon wieder los. Jetzt wollen euch alle Großen und Kleinen, die den Weihnachtsmann leugnen, schon wieder weismachen: Es gibt gar keinen Weihnachtsmann. Sie können es nämlich nicht ertragen, dass es einen weisen, guten alten Mann gibt, der ihnen noch nie erschienen ist, sondern immer nur euch Kindern.

Neulich, in der Nähe von London in Reading, da haben die Weihnachtsmannleugner in einem Kaufhaus extra einen Pseudo-Weihnachtsmann im Weihnachtsmann-Mantel und mit langem Bart an einem Seil von der Decke heruntergelassen. Er hat sich dann mit seinem Bart im Seil verheddert und musste eine halbe Stunde auf halber Höhe hängenbleiben. Es musste extra ein Techniker kommen, um den Bart aus dem Seil zu befreien. Dabei sahen dann die Kinder ganz genau: Der Bart war falsch. Und gleich erklärten euch die Erwachsenen wieder: Seht ihr, es gibt gar keinen Weihnachtsmann. Aber die Kinder lachten nur und sagten: Das war uns doch sofort klar, dass dieser Typ am Seil unmöglich der richtige Weihnachtsmann sein kann. Der richtige Weihnachtsmann, an den wir glauben, hat es nicht nötig, sich abzuseilen. Der kommt doch mit dem Schlitten und zwei Elchen durch die Luft gefahren! Richtig so, Kinder. Nur weil die Erwachsenen noch nie einen richtigen Weihnachtsmann gesehen haben, versuchen sie immer wieder, ihn euch madig zu machen.

St. Nikolaus kommt nämlich mit dem Schlitten durch die Luft gefahren, und vorne ziehen ihn zwei Schimmel oder zwei Elche. Die Kinder dort in Reading hatten natürlich sowieso schon geahnt, dass das Ganze wieder nur so ein Reklame-Event war. So ein Weihnachtsgeschäfts-Ankurbelungs-Quark. So etwas durchschaut ihr Kinder doch sofort.

Sie haben es ja schon einmal versucht, liebe Kinder, die sogenannten Erwachsenen, die Weihnachtsmannleugner, euch den Glauben an den Weihnachtsmann zu verderben. Das war in Amerika. Die denken sich da ja auch immer solche albernen Sachen mit dem Weihnachtsmann aus. Diesmal hatte man ganz viele Kinder vor das Einkaufszentrum bestellt und wollte sie mal so richtig erschrecken.

Santa Claus kam nämlich mit dem Hubschrauber durch die Lüfte angeflogen. Ein Augenzeuge namens Graham Greene berichtete von dem Vorgang:

Der Hubschrauber landete auf dem erhöhten Parkplatz, wo alle Kinder ihn gut sehen konnten. Das Kreisen der Flügel über seinem Kopf wurde langsamer, und er wartete gar nicht erst auf die Leiter, sondern sprang, den großen Sack über der Schulter, auf den Boden. Die Rotoren über seinem Kopf schnitten wie Sensen durch die Luft, und Hunderte von Kindern kreischten vor Vergnügen über seine Landung. Dann ging er um die Maschine herum, um auch auf der anderen Seite Kinder zu begrüßen. Aber er hatte völlig vergessen, dass ein Hubschrauber nicht nur oben Rotoren hat, sondern auch hinten, und in die marschierte er prompt hinein. Die Rotorenblätter säbelten dem Weihnachtsmann den Kopf ab, der fiel den Kindern fast vor die Füße. Da triumphierten die Weihnachtsmannleugner: Jetzt würden die Kinder wohl endlich begreifen, dass es den Weihnachtsmann nicht mehr gibt. Wenn sie jemals an ihn geglaubt hatten – jetzt war er jedenfalls tot. Das hatten sie ja nun selbst gesehen.

Aber was sagten die Kinder?

»Ein Glück«, sagten die Kinder, »dass es wenigstens nicht der richtige Weihnachtsmann war. Der richtige Weihnachtsmann ist doch nicht so doof und kommt mit dem Hubschrauber. Der kommt doch mit dem Schlitten und den beiden Elchen. Und der Schlitten hat gar keine Propeller.«

Gebt euch keine Mühe, ihr Weihnachtsmann-Leugner: Es gibt ihn. Wirklich. Und wenn er nicht schon grade wieder abgereist ist, kommt er heute auch zu euch.

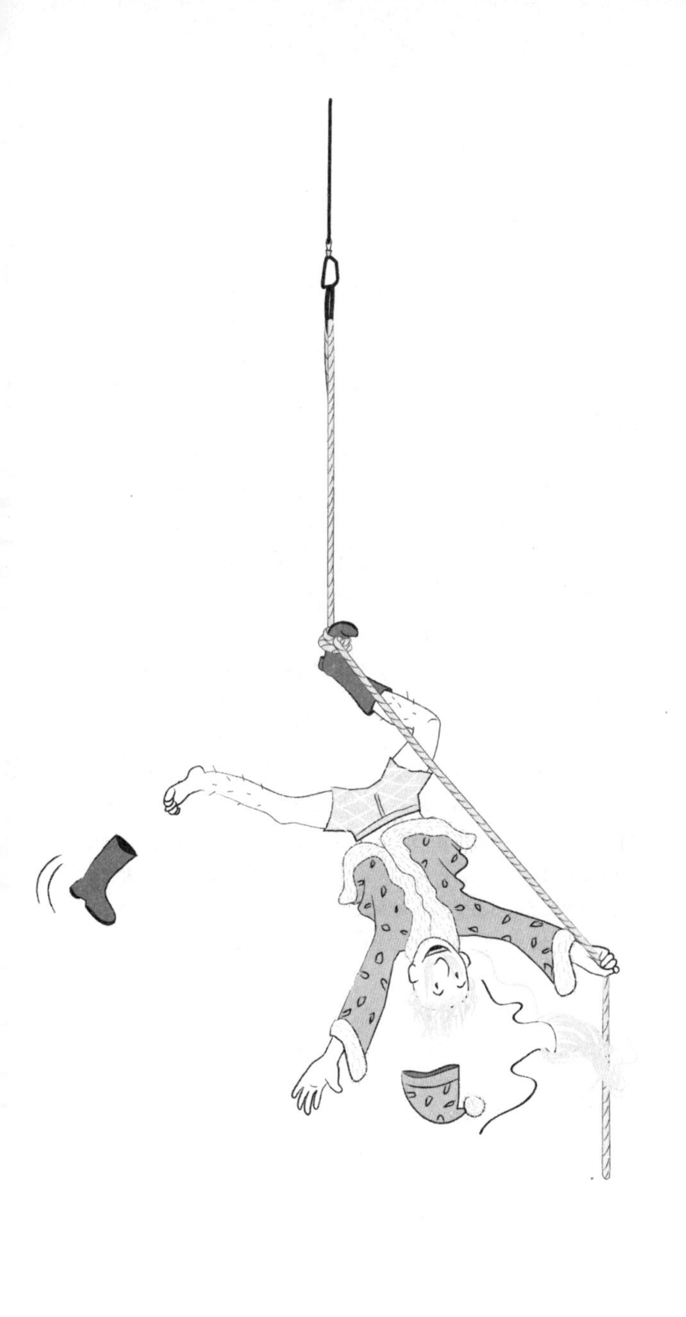

Die Heilige Familie

TOCHTER MAJA *(zum Vater, der im Sessel sitzt und die Zeitung liest)*:

Papa, Claudia sagt, ihre Mutter hat gesagt, es gibt in Deutschland drei Millionen arme Kinder und das sei eine Schande.

VATER: Das stimmt nicht.

TOCHTER: Aber doch. Es steht in der Zeitung, hat sie mir doch selber gesagt.

VATER: Es stimmt nicht, dass es eine Schande ist. Im Gegenteil: Das ist etwas ganz Wunderbares.

TOCHTER: Das versteh ich nicht, Papa.

VATER: Ja, weil du auch immer genauso wenig nachdenkst wie die Mutter von deiner Claudia.

TOCHTER: Aber, Papa, es ist doch ganz schlimm, dass es so viele arme Kinder bei uns gibt. Die müssen sogar Weihnachten hungern, sagt Claudia, sagt ihre Mutter.

VATER: Ohne arme Kinder zu Weihnachten wäre Weihnachten nur halb so weihnachtlich. Auch ich habe schon für arme Kinder gespendet jetzt vor Weihnachten. Kinder, denen es gutgeht, könnte man ja nichts spenden zu Weihnachten.

TOCHTER: Aber, Papa, Claudia sagt, ihre Mutter sagt: Dass es so viele arme Kinder gibt in unserem Land, ist die Schuld unserer Regierung.

VATER: Dann sage bitte deiner Freundin, sie soll ihrer Mutter sagen: das ist nicht die Schuld der Regierung. Das ist ihr Verdienst. Sie hat mit ihren Gesetzen dafür gesorgt, dass wir immer genügend arme Kinder haben.

TOCHTER: Ach, Papa! Was redest du denn da für einen Unsinn, Papa.

VATER: Siehst du hier, mein Kind: die Heilige Familie in Bethlehems Stall. Das ist die erste Hartz-IV-Familie der Geschichte: Sie hatten nichts zu essen, konnten keine Sozialwohnung bezahlen, sie hatten nicht mal ein IKEA-Kinderbett für ihren Säugling, und Ochs und Esel standen dämlich daneben und hatten die Maul- und Klauenseuche.

TOCHTER: Aber Papa, das sind doch Josef und Maria mit dem Jesuskind!

VATER: So ist es, meine Tochter. Und die waren nämlich schon das Vorbild für den Exkanzler Schröder und seinen Herrn Steinbrück. Die haben schon damals viel weiter gedacht.

TOCHTER: Dass es den Armen so dreckig gehen soll wie Maria und Josef?

VATER: Aber gewiss doch, mein Kind. Leider haben sie es noch nicht ganz geschafft – aber sie kommen voran. Wie du ja selber gesagt hast: Drei Millionen arme Kinder haben wir schon. Aber die sind ja immer noch nicht arm genug.

TOCHTER: Arm genug? Was soll das denn heißen?

VATER: Dass sie in den Himmel kommen. Denn nur die Armen kommen in den Himmel, also die Sozialempfänger, und die Reichen müssen in die Hölle, so steht es in der Bibel.

TOCHTER: Ach so. Ja, das ist ja ... So hat Claudias Mutter das bestimmt noch nicht gesehen.

VATER: Doch, doch, mein Kind. Auch unsere Kanzlerin sorgt dafür, dass die Reichen bestraft werden. Und darum werden sie immer reicher und reicher.

TOCHTER: Ach, Papa, das verstehe ich auch wieder nicht.

VATER: Weil in der Bibel steht: »Es ist leichter, dass ein Kamel durchs Nadelöhr geht, als dass ein Reicher in den Himmel komme.«

TOCHTER: Ach, so, ja. Das ist ja listig. Sie sollen immer reicher werden, damit sie in die Hölle kommen?

VATER: So ist es, meine Tochter. Soziale Gerechtigkeit ist ihnen zu wenig. Sie sorgen lieber schon für die himmlische Gerechtigkeit.

TOCHTER: Du, Papa? Was krieg ich zu Weihnachten?

VATER: Gar nichts, meine Tochter. Wir nehmen dir sogar noch dein Bett weg und deine Decke und den Fernseher und dein iPhone. Du sollst auch in den Himmel kommen und dich schon mal rechtzeitig an die Armut gewöhnen.

TOCHTER: Scheiße! *(ab in ihr Zimmer)*

Im Jahre 2027

Es geschah im Jahre 2027. Der ehemalige Bahnangestellte Rudolf Nerlich wurde in seinem Rollstuhl aus der Kantine des Altersheims nach draußen geschoben, und zwar zum ersten Mal von einer neuen jungen Pflegerin. Nerlich war jetzt achtundsiebzig Jahre alt, den ersten leichten Schlaganfall hatte er schon hinter sich. Er war aber wieder sehr ungeduldig und schnauzte die junge Pflegerin an:

»Ich will endlich meinen Pudding haben. Wieso bringst du mich hier raus, wo ich meinen Pudding noch nicht habe! Du bist die Neue hier und hast natürlich keine Ahnung.«.

Die junge Pflegerin schob den ehemaligen Bahnangestellten unbeirrt weiter ins Freie. Sie lächelte und sagte:

»Ja, Opa, ich bin hier noch neu. Aber deinen Pudding, den kriegst du heute nicht.«

Nerlich konnte es kaum fassen. »Was fällt dir ein!«, rief er. »Ich will meinen Pudding, ich habe Anspruch auf meinen Pudding!«

»Ja, ja, ich weiß!«, sagte die Pflegerin ruhig und freundlich.

»Du scheinst wohl nicht zu wissen, wen du vor dir hast!«, bellte Nerlich wieder los. »Ich war einmal der berühmteste Bahnangestellte in Deutschland.

Keiner hat sich so konsequent an die Vorschriften gehalten wie ich. Stand doch in allen Zeitungen: Ich habe damals dieses dreizehnjährige Gör aus dem Zug geworfen! Sie hat geheult und gebettelt: ›Ich bin doch erst dreizehn! Ich hab doch nur mein Portemonnaie vergessen und den

Schülerausweis.‹ – ›Ja, und?‹, habe ich erwidert. ›Wo kommen wir denn da hin? Das kann ja jeder sagen. Morgen fahren dann alle deine Freunde ohne Fahrschein.‹

Ich habe vierzig Jahre immer pflichtbewusst meinen Dienst getan. Schwarzfahrer sind Schnorrer und Betrüger. Die müssen bestraft werden. Damit sie es sich merken – ein für alle Mal, haha! Und wissen Sie, was das freche Gör dann noch verlangt hat? Sie hätte kein Handy, hat sie gebettelt. Ob ich sie mit meinem Diensthandy ihre Mutter anrufen lassen könnte, damit die sie dann eventuell von dem Bahnhof abholt, wo ich sie rausgeschmissen habe. Mit meinem Diensthandy, stell dir das vor. Also auch noch Anstiftung zur Untreue gegenüber meinem Arbeitgeber, der Bahn. Geh du mal schön zu Fuß nach Haus, hab ich gesagt. Es war ziemlich kalt. Und auch schon dunkel. Da hat sie sich natürlich gefürchtet. Ich habe gesagt: ›Das ist die gerechte Strafe für dich. Noch einmal wirst du deinen Ausweis nicht vergessen. Das wird dir eine Lehre sein!‹

Ja, ja, ganz Deutschland hat sich damals aufgeregt über mich. Sogar die *Bild*-Zeitung: ›Herzloser Schaffner wirft Kind aus dem Zug‹. Aber ich bin immer noch stolz darauf. Vorschrift ist Vorschrift. Auf mich ist Verlass. Sonst bricht ja alles zusammen!

So, aber jetzt will ich endlich meinen Pudding haben! Aber ein bisschen dalli!«

Die junge Pflegerin schmunzelte und sagte sehr freundlich:

»Ja, Opa, ich kann mich noch gut an damals erinnern. Und wie ich die fünfzehn Kilometer durch die Dunkelheit nach Hause laufen musste und noch mein schweres Cello dabeihatte. Weiß ich alles noch ganz genau. Aber deinen Pudding, Opa. den kriegst du heute nicht. Den habe ich verschenkt.«

Jauchzet, frohlocket

Sie muss so zwölf oder dreizehn Jahre alt gewesen sein. Sie saß auf einem Poller beim Hansaplatz in Hamburg, ihre Haare waren knallgrün gefärbt und standen wie das Kraut einer Rübe steil nach oben. Für das diesige kalte Wetter war sie viel zu leicht bekleidet.

Zum Thema Weihnachten hatte sie das Folgende zu sagen:

> Jetzt hab ich das tatsächlich auch mal gelesen,
> wie das mit dieser Maria und Josef gewesen.
> Das finde ich voll super. Sozusagen, der Clou:
> Bei uns zu Hause geht es so ähnlich zu.
> Die Mutter ist fremdgegangen und spinnt:
> Von 'ner künstlichen Befruchtung käme das Kind.
> Und die von der Fürsorge haben den Alten
> bedroht, er soll gefälligst die Schnauze halten.
> Ein Heiliger Geist, sagt sie, tat sie begatten.
> Und weil sie damals ja noch keine Pille hatten
> und wegmachen war ja volle Kanne tabu
> (die waren wohl katholisch und CSU),
> musste sie das Balg auf der Reise werfen.
> Diesem Josef ging das total auf die Nerven,
> aber statt ihr die Fresse blau zu hau'n,
> wie das Männer ja machen mit ihren Frau'n,
> hat er sich wahrscheinlich total besoffen.
> Hat die Sterne gesehen, der Himmel war offen,
> und rumfantasiert im Vollrausch dabei:
> »Hosianna!«, will sagen: Der war absolut high.

Ist eingeschlafen und hat nicht mehr gemotzt,
aber vorher noch in irgendeine Ecke gekotzt.

Das ist völlig normal. So kenn ich das auch.
Das ist ja nun mal so der Weihnachtsbrauch.
Meine Alten werden nächsten Monat geschieden:
Aber Weihnachten machen sie Weihnachtsfrieden.
Mein Alter vögelt sich fröhlich durchs Land,
den hab ich neulich kaum noch wiedererkannt.
Aber beide labern die ganze Zeit:
Es tut ihnen meinetwegen so leid,
und grade jetzt in der Weihnachtszeit,
sie lieben mich so furchtbar – und ich würde schon
seh'n,
wenn ich größer bin, kann ich das alles versteh'n.
Und dann sülzen sie noch bei Kerzenschein,
man muss ja doch schließlich vernünftig sein!
Aber dann geht das Telefon irgendwann.
»Hier«, sagt meine Alte, »deine Nutte ist dran!«
Batsch!, fliegt ihr das Weinglas voll an die Rübe:
»Du sagst nicht Nutte zu der Frau, die ich liebe!«
Und dann mein Muttchen: »Aus freien Stücken
will mit dir doch sowieso keine ficken.
Für dein Geld macht das Miststück die Beine breit,
aber die wird sich wundern, tut mir leid:
Dir bleibt kein Cent mehr, du Hampelmann,
ich zeige dich beim Finanzamt an:
Das Bargeld, das du hinterzogen hast!
Dafür geh ich mit Freuden sogar selbst in den
Knast!«
Und dazu dann immer aus dem Radio:
Jauchzet und singet, frohlocket und so.

Also wie gesagt: Ich finde ganz echt:
Diese Weihnachtsgeschichte ist gar nicht so
schlecht.
Ein unehelich geborenes Kind,
wo die Eltern Sozialhilfeempfänger sind,
das hat was. Später hat der Sohn von den Alten
sich selbst für ganz was Besonderes gehalten,
er ist Gottes Sohn und der Heilige Christ,
also richtig derbe: ein Fundamentalist.
Ja, aus einem kaputten Elternhaus
kommt meistens auch nur was Kaputtes raus.
So hab *ich* jedenfalls diese Story begriffen.
Frohe Weihnachten, Leute! Ich geh einen kiffen.

Oma und mein Ei

Wenn die Freundin unserer Tochter erzählt:

Also meine Oma, sag ich Ihnen. Die ist ja süß. Sie fragt mich doch immer, wann sie denn nun endlich Uroma wird. Dann tut es mir immer so leid, dass ich ihr noch nichts sagen kann. Aber diesmal dachte ich, jetzt mach ich ihr eine Freude. Und richtig fröhlich sage ich zu ihr:

»Oma, ich habe eine gute Nachricht für dich. Ich habe mir jetzt schon mal ein Ei einfrieren lassen. Damit du schon mal weißt: Du wirst auf jeden Fall Uroma.«

Da guckt sie mich so über ihre Brille an und fragt, wozu ich denn ein Ei brauche, wenn ich ein Kind kriegen will. Süß, nicht? Sie ist ja auch schon 96.

Ich versuche, ihr das zu erklären. »Ja, Oma, das ist so«, sag ich. »Ohne Ei kann man kein Kind kriegen.«

Da schüttelt sie den Kopf und sagt: »Um Gottes willen. Du hast ein Ei gelegt?«

»Ja, in die Tiefkühltruhe, Oma«, sage ich. Aber sie versteht das nicht.

»Aber Kind, was tüdelst du denn da«, sagt sie. »Du bist doch kein Huhn. Haben dich denn deine Eltern überhaupt nicht aufgeklärt? Wir Frauen legen keine Eier wie die Hühner und brüten sie aus. Wenn du ein Kind haben willst, mein Kind, dann musst du dich mit deinem Mann Florian ins Bett legen und ihn liebhaben. Du machst das Licht aus und streichelst ihn unter der Bettdecke und …«

Ist das nicht süß? Ich sage:

»Oma, aber davon bekomme ich doch kein Kind.«

»Aber natürlich kriegst du davon ein Kind. Da brauchst

du nicht vorher ein Ei zu legen. Warum weißt du denn das nicht mit deinen 25 Jahren? Um Gottes willen, du bist nicht aufgeklärt. Ein Ei will sie legen …«

Sie kann es gar nicht fassen. Na ja, so was hat es ja auch nicht gegeben zu ihrer Zeit. Ich versuche, es ihr ganz liebevoll zu erklären:

»Ich habe doch das Ei für Florian zurückgelegt, Oma. Das ist nur für ihn und für keinen andern.«

»Um Gottes willen!«, sagt Oma. »So ein großes Mädchen und weiß nicht mal, woher die Kinder kommen. Jetzt erzähl mir bloß noch, ihr geht damit zum Klapperstorch, und der brütet dann dein Ei aus, da kommt dann ein Baby raus, und das bringt dir dann der Storch und beißt dich ins Bein …«

»Nein, Oma, so ist es doch nicht. Mein Florian muss das Ei dann doch – wie soll ich es dir erklären, Oma? –, er muss es sehr liebhaben, das Ei.«

»So ein Unsinn!«, sagt Oma. »*Dich* muss er liebhaben und nicht das Ei!«

»Auf jeden Fall wirst du Uroma, Oma. Das dauert jetzt nur noch ungefähr acht Jahre.«

»Acht Jahre?!«, ruft Oma. »Das dauert genau neun Monate! Weißt du denn das auch nicht?!«

»Ja«, sage ich, »Oma, so war das früher mal. Aber heute kann es noch viel länger dauern. Je nachdem, wie ich mich mit Herrn Tanneberger einigen kann.«

»Herr Tanneberger? Was ist das denn für einer?«

»Herr Tanneberger ist doch mein Chef, Oma. Auf ihn kommt es doch an, wann ich schwanger werden kann.«

»Um Gottes willen!«, ruft Oma. »Du hast etwas mit deinem Chef?«

»Aber nein, Oma, Florian ist doch damit einverstanden.«

»Auch das noch!«, ruft Oma.

Sie ist ganz aus dem Häuschen: »Ich habe ja schon einiges erlebt in meinem langen Leben. Dein Großvater war Musiker. Kurz vor seinem Tod hat er mir gestanden, dass er noch drei andere Kinder hatte – von drei verschiedenen Frauen. Ich habe es ihm verziehen. Als Musiker ist er ja so viel herumgekommen. Aber so etwas, dass zwei Männer es mit einer Frau treiben und sie gemeinsam schwängern, daran habe ich mein Leben lang nicht einmal zu denken gewagt!«

»Um Gottes willen, Oma«, sage ich. »Du verstehst mich falsch. Ich habe doch das Ei zurückgelegt, weil meine Eier jetzt, wo ich noch jung bin, besser sind als später.«

Das ist nun wirklich zu viel für sie. Sie hört mir nicht mehr zu: »Gooock, gock gock, gock gooock!«, macht sie wie die Hühner im Hühnerstall.

»Ach, Oma«, sage ich, »hör mir doch noch mal zu …«

Aber Oma schlägt mit den Flügeln wie ein Hahn und wackelt in ihr Schlafzimmer und ruft nur immer noch: »Kikerikiii, Kikerikiii!«

Ich werde sie morgen noch mal besuchen und ihr noch einmal erklären, dass ich doch nur ein Ei pro Monat kriegen kann. Dann wird sie mich wohl endlich verstehen.

Sie ist ja auch erst 96.

Spätgebärender Vater

Weihnachten, Heiligabend und Geburt, das hängt ja ganz eng zusammen, muss ich wohl nicht extra erklären.

Ich hab alle meine vier Töchter persönlich zur Welt gebracht. Das muss man heutzutage. Man kann sich ja überhaupt nicht mehr im Freundeskreis sehen lassen, wenn man nicht persönlich dabei war.

Unsere Väter, ja die waren noch arm dran. Die mussten während der Geburt draußen bleiben. Da saßen sie dann auf dem Flur vom Krankenhaus auf einer Bank. Ab und zu kam mal eine Hebamme vorbei und hat sie so mitleidig angegrinst. Als sie dann einen Schrei aus dem Kreißsaal hörten, sind sie nach Hause gelaufen und haben sich besoffen.

Aber heute. Wer von Ihnen, meine Herren war etwa noch nicht bei der Schwangerschaftsgymnastik, wie? Einatmen, ausatmen – gaaanz ruhig bleiben. Zwerchfellstütze, und jetzt pressen, pressen, pressen! Kennen wir alle, nicht wahr? Es ist einfach ein Irrtum der Natur, dass die Frau noch immer das Kind kriegt. Rein vom sportlichen Gesichtspunkt ist der Mann auch darin einfach besser. Aber hallo! Wir können besser atmen, wir können besser pressen, wir schreien nicht dauernd rum während der Geburt. Während man bei der Frau immer Angst hat, dass sie im letzten Augenblick noch alles verpfuscht.

Obwohl, auch bei uns Männern gibt's natürlich Unterschiede. Unser Nachbar Semmelfinger zum Beispiel, das werde ich nie vergessen. Ich hatte grade meine Jüngste zur Welt gebracht, und er hatte da irgend so einen Jungen gekriegt. Wie es so kommt, treffen wir uns im Park, beide mit unseren Kinderwagen. Und ich natürlich mit Recht etwas stolz, weil ich eine Beckenendlage gehabt hatte. Ich sage: »Da können Sie sich wohl vorstellen, was mir da rein atemtechnisch abverlangt wurde.« Da sagt doch dieser Ignorant: »Beckenendlage ist heute doch, rein psychoprophylaktisch gesehen, überhaupt kein Problem mehr.« Dabei konnte er überhaupt nicht mitreden, er hatte nämlich einen absolut glatten Durchgang. Hatte er ja selber erzählt: vom Hochziehen der Cervix bis zur eigentlichen Eröffnungsphase nur vier Stunden. Das ist doch nicht der Rede wert. Aber er wirft sich in die Brust: »Ich hatte nämlich einen Kaiserschnitt!«

Ich sag: »Wie bitte? Einen Kaiserschnitt bei Schädellage? So was hat doch die Welt noch nicht gehört. Wo haben Sie denn entbunden? In der Autowerkstatt oder wo?«

»Nein«, sagt er, »es war ja gar keine Schädellage, sondern eine Querlage. Er hätte eine Querlage gehabt, und zwar kurz vor der ersten Kontraktion. Da war mir natürlich alles klar. Ich sage: »Da haben Sie wohl irgendwelche psychoprophylaktischen Atemübungen gemacht, wie? Anders kann es doch zu so einer Abnormität überhaupt nicht kommen. Sie haben einfach falsch geatmet. Statt Fuuiiiiiiiiiiiiiiiit und Fuuiiiiiiiiiiiiiiiit haben Sie natürlich gleich fuitt, fuitt, fuitt geatmet. Das muss ja schiefgehen.« Aber Kritik konnte er natürlich nicht vertragen.

Er hätte es nicht nötig, mit dem Ehemann einer Primipara über Hyperventilation und die Prophylaxe einer Hinterhauptslage zu diskutieren. Im Übrigen hätte ich ja eine PDA-Geburt gehabt – und PDA-Geburten seien gar keine. Da fehle das Existenz-Urerlebnis, das Zurückgeworfen-Sein auf die initiale Lebenszündung. Und sowas sagt mir ein Kaiserschnitt?

Ich sage: »Ihr Fötus konnte ja praktisch weiterschlafen, und das wird er auch das ganze Leben, weil ihm das Urangsterlebnis vollkommen fehlt, welches ganz allein durch die extrem enge Tunnelröhre zwischen Symphyse und Promontorium verursacht wird.«

Da war dieser Semmelfinger so wütend, dass er ausfallend wurde. Das reiche jetzt! Mir seien wahrscheinlich in der Presswehenphase einige Äderchen im Gehirn geplatzt!

Ich hab zu meiner Frederike, also meinem Säugling da im Wagen, nur noch gesagt: »Kaiserschnitt bei Schädellage – und so einer will uns was über Atemtechnik erzählen.«

Robin Hood

Als König Richard Löwenherz
einst kurz verließ seinen Thron,
kam gleich der feige Prinz Johann
und stahl ihm Zepter und Kron'.
Er regiert mit Blut und Gewalt das Land.
Robin war eines Jägers Sohn.
Prinz Johann brachte Robins Eltern um.
Robin ist in den Wald gefloh'n.
Dort traf er Verfolgte, wie er einer war.
Robin rief: »He, habt ihr den Mut?
So kämpfet mit mir gegen Unrecht und Not.
König Löwenherz lebe! Ich bin Robin Hood!«

So möcht ich sein wie Robin Hood
mit der roten Feder am grünen Hut.
Die Armen beschützt er mit fröhlichem Mut,
die Schlechten bekämpft er mit ehrlicher Wut.
So möcht ich sein – wie Robin Hood.

So zog Robin Hood im Lande umher,
stets vor Augen Kerker und Tod.
Die adligen Reichen beraubte er
und kaufte den Hungrigen Brot.
Es kam eine Bäuerin zu ihm in den Wald:
»Heute hängen sie meinen Mann,
weil der dem grausamen König Johann
die Steuer nicht zahlen kann.«

»Kopf hoch!«, rief Robin. »Nicht traurig sein!
He, Freunde, da müssen wir ran!«
Dann sperrten sie einfach den Henker ein
und schnitten vom Galgen den armen Mann.

So möcht ich sein wie Robin Hood
mit der roten Feder am grünen Hut.
Die Armen beschützt er mit fröhlichem Mut,
die Schlechten bekämpft er mit ehrlicher Wut.
So möcht ich sein wie Robin Hood!

Da war auch der Sheriff von Nottingham,
der dachte sich aus eine List:
wie Robin Hood beim Ehrgeiz gepackt
zu fangen und zu töten ist.
Der Sheriff rief aus ein Schützenfest:
Wer der beste Vogelschütze sei!
Da kann dieser Robin nicht widersteh'n
und kommt aus dem Walde herbei.
Doch der beste Schütze war am End'
ein Bettler mit wirrem Haar
in Lumpen gekleidet. Kein Mensch hat gemerkt,
dass Robin Hood dieser Bettler war.

So möcht ich sein wie Robin Hood
mit der roten Feder am grünen Hut.
Die Armen beschützt er mit fröhlichem Mut,
die Schlechten bekämpft er mit ehrlicher Wut.
Robin Hood!

Schall God em vergeven

Oft genug, wenn ich mal wieder etwas über Neonazis höre oder über Neonazis, die sich als V-Männer beim Verfassungsschutz eingeschlichen haben – oder war das etwa umgekehrt? –, jedenfalls in solchen Zusammenhängen fällt mir immer wieder Opa Meidorn ein. Und ich freue mich dann jedes Mal wieder über ihn.

Opa Meidorn lebte mit der Familie seiner Tochter in einem kleinen Einfamilienhaus in Hamburg-Niendorf. Nebenan, ebenfalls in einem kleinen Haus, lebte der alte einbeinige Giese mit seiner Frau und zwei Söhnen. Meidorn und der alte Giese waren verfeindet. Genauer gesagt: Opa Meidorn sprach nie ein Wort mit seinem Nachbarn. Und das schon seit zwanzig Jahren.

Immer wieder, vor allem vor Weihnachten, versuchte Alma, Opa Meidorns Tochter, Frieden zu stiften. Je mehr Jahre vergangen waren, desto heftiger bedrängte sie ihn:

»Es ist doch Weihnachten. Gieses haben uns zum Weihnachtskaffee eingeladen. Überwinde dich und komm mit.«

Während alle Familienmitglieder längst auf gute Nachbarschaft bedacht waren, blieb Opa Meidorn hart:

»Lot mi tofreden. Ick kenn den Kerl nich!«

Irgendwann Anfang der siebziger Jahre lag Opa Meidorn kurz vor Weihnachten im Sterben. Er wusste, dass es zu Ende ging.

»Herr Giese steht vor der Tür«, sagte ihm die Tochter. »Er möchte dich um Verzeihung bitten.«

»Ick will em nich sehn. Schall de lewe Gott em vergeven. Ick do dat nich!«

»Aber du kannst doch nicht von uns gehen, ohne ihm verziehen zu haben!«

»Dat warst du ja beleven, dat ick dat kann!«

Bald darauf starb Opa Meidorn.

Die Sache, um die es ging, ist schnell erzählt:

Ein Jahr vor Ende des Kriegs hatte Giese, der Nachbar, Opa Meidorn, der damals noch kein Opa war, bei den Nazis denunziert. Meidorn hatte heimlich ein Schwein in der Gartenlaube fett gemacht, um die Familie über den Winter zu bringen. Die Gestapo fand nicht nur das Schwein, sondern auch ein paar kommunistische Flugblätter von Meidorns Sohn Axel. Meidorn wurde tage- und nächtelang verhört, kam aber schließlich mit dem Leben davon. Den Sohn aber holten sie sich und steckten ihn ins KZ. Nie wieder hat Opa Meidorn auch nur ein Lebenszeichen von ihm erhalten.

In den vielen Jahren, die seitdem vergangen waren – und vor allem immer wieder in den Tagen der Weihnachtsstimmung, wo in jedem Kaufhaus »Christ erstanden ist« –, muss es nicht leicht gewesen sein für Opa Meidorn zu widerstehen.

»Schall God em vergeven. Ick do dat nich!«

Überwacht und abgehört

Abgehört, überwacht und verraten werden wir ja schließlich schon als Kinder. Das fällt einem doch besonders in diesen Weihnachtstagen wieder ein:

»Nun hör auf zu quengeln, Junge, iss brav deinen Spinat auf. Der Weihnachtsmann sieht das alles und hört genau zu. Wenn du nicht artig bist, kommt er mit der Rute statt mit Geschenken. Und dann steckt er dich in seinen Sack!«

Dann würgt man seinen Spinat runter, und tatsächlich: Heilig Abend kommt der Weihnachtsmann mit seinem dicken Buch, macht »Hohoho!« und liest vor: »Vom Himmel da oben, musste ich mit ansehen, dass du deinen Spinat nicht essen willst. Was sagst du dazu?«

So geht's also schon mal los – mit der Überwachung in deinem Leben. Sofort empfindest du es als unfair und gemein, dass da irgendwo, wo du nicht hingucken kannst, eine höhere Macht jeden deiner Schritte überwacht.

Später erzählt dir das dann der Pastor auch: »Der liebe Gott sieht alles, denn er ist überall.«

Wozu es dann die schöne Geschichte gibt:

Fragt der kleine Fritz den Pastor: »Ist der liebe Gott wirklich überall?« – »Ja, mein Sohn, überall.« – »Auch bei uns im Keller?« – »Ja, mein Sohn, auch bei euch im Keller.« – »Angeschmiert, Herr Pastor: Wir haben gar keinen Keller!«

Was so viel bedeuten könnte wie: Ein gar nicht eingeschaltetes Handy kann man auch nicht abhören. Und wer sich nicht jeden Tag auf Facebook verewigt, kann auch nicht so schnell ausgespäht werden.

Im Übrigen aber leben doch die Herren Abhörer und Lauschangreifer heute geradezu im Schlaraffenland der Spionage. Früher musste der Barschel dem Pfeiffer Anweisung geben, dem Engholm eine Wanze ins Telefon zu stecken. Wie umständlich! Wanzen waren ja mal die beliebtesten Haustiere. Bei allen irgendwie interessanten Personen steckten sie in der Lampe, unterm Bett, im Radio, im Büstenhalter der Geliebten. Aber welch ein Aufwand, sie dort anzubringen und dann im Nebenzimmer zu sitzen und das Bandgerät laufen zu lassen.

Alles heutzutage nicht mehr nötig! Jeden Morgen haben die Herren Schnüffler schon wieder 500 Millionen Telefongespräche mitgeschnitten oder E-Mails auf den Rechnern. Im deutschen Arbeiter-und-Bauern-Staat musste die Stasi mindestens 30 000 sogenannte IMS mühsam überreden, ihre Kollegen, ihre Ehefrau, die Kinder und die Großmutter zu beobachten und zu melden, wenn sie einen Westsender gehört hatten. Da könnte der Mielke heutzutage doch glatt vor Neid wiederauferstehen.

Damit sind wir wieder bei Weihnachten. Ein Engel soll zum Weihnachtsmann gesagt haben:

»Verstehe gar nicht, warum die Menschen sich so darüber aufregen, dass die NSA sie vollständig überwacht. Das macht doch der liebe Gott schon seit vierhunderttausend Jahren.«

Worauf der Weihnachtsmann nur brummte: »Unsinn, den interessiert doch diese verrückt gewordene Menschheit schon lange nicht mehr.«

Wer mit wem?

Ganz ehrlich, ich gehe gar nicht so gern auf Partys oder große Weihnachtsfeiern. Höchstens mal aus beruflichen Gründen. Man muss sich ja zeigen, man muss ja dabei sein. Aber was man dann dort oft über die gesellschaftlichen Veränderungen erfährt, ist manchmal erstens bitter und zweitens verwirrend.

Neulich auf so einer Medien-X-Mas-Party, die ich mit meiner Frau besucht hatte, ich steh noch etwas gelangweilt mit meinem Sekt herum, da kommt meine Frau auf mich zu und sagt aufgeregt:

»Hast du das eben gehört? Ich frage diesen Dr. Möhring ganz höflich: ›Und wie geht es Ihrer Frau?‹ Da guckt er mich ganz entgeistert an und sagt: ›Ich habe keine Frau. Ich weiß von keiner Frau.‹ Und lässt mich einfach stehen.«

»Um Gottes Willen!«, sage ich. »Liebling, weißt du denn nicht, dass die auseinander sind? Ingrid Möhring lebt doch seit mindestens sechs Wochen schon mit diesem italienischen Ferrari-Designer zusammen. Der Möhring ist doch psychisch völlig am Ende!«

»Ja, und?«, fragt meine Frau verständnislos. »Woher soll ich denn das wissen? Und warum läuft er dann auf so 'ner Party herum?«

Dabei wendet sie sich dem nächsten Paar zu, das an uns vorbeigeht, und sagt: »Guten Abend, Herr Weinrich, guten Abend …«, und sieht mich wieder hilfesuchend an: »Und was ist jetzt mit der?« Sie zeigt mit dem Kopf auf die Frau an Weinrichs Seite: »Das ist doch nicht Weinrichs Frau?«

Mein Gott, ist das peinlich! Die haben es beide mitgehört. Ich ziehe meine Frau beiseite und sage:

»Nein, Sylvia, das ist Zehlickes Frau. Aber Zehlicke, der Chefgraphiker, lebt doch schon seit zwei Jahren mit diesem blonden Carsten Cronbäcker zusammen, du weißt doch ...«

»Ach, der ist schwul geworden?«

»Liebling«, sage ich, »der war es schon immer schwul. Und du hast schon auf der Umzugsparty damals diesen Fauxpas begangen, als du zu ihm gesagt hast: Die Schwulen halten ja sowieso alle zusammen!«

Da lacht meine Frau und amüsiert sich:

»Hahahaha! Das habe ich gesagt? Na bitte. Ist doch auch alles ein einziges Chaos. Und Frau Weinrich – ist die jetzt lesbisch?«

Wenigstens die näheren Umstehenden hören das mit und gucken uns an.

»Liebling«, sage ich, »es schadet mir doch, wenn du hier so laut deine Witze machst. Frederike Weinrich macht inzwischen Bildregie und ist mit Marcus Zarp liiert, obwohl Christa Zarp mit schweren Depressionen in der Nervenklinik liegt, wegen Edgar Stromberger, ihrem ehemaligen Geliebten, der ist Nahost-Korrespondent und jetzt zum Islam übergetreten und hat nun zwei Frauen in Kairo. Das kann Christa Zarp nicht mehr durchstehen. Aber darum können nun Marcus Zarp und Frederike Weinrich nicht offiziell zusammenziehen, weil Christa Zarp sonst den letzten Lebensmut verliert.«

Ich meine, das war doch eine plausible und einfache Erklärung. Aber was macht meine Frau? Hält den nächsten besten Gast an – ausgerechnet Dr. Gerbers, Programmdirektor –, und bittet ihn um einen Kugelschreiber.

»Das muss ich aufschreiben, kann ich mir nicht merken.«

Gerbers holt einen Kugelschreiber aus der Innentasche seines Jacketts und gibt ihn ihr – und sie so ganz lässig zu Gerbers:

»Und was ist jetzt mit Ihnen beiden?« Sie zeigt mit dem Kugelschreiber auf die Frau an Gerbers Seite. »Ist das jetzt Ihre eigene Gattin?«

Der lächelt etwas süßsauer, die Frau wendet sich ab, und sie gehen weiter. Ich werde langsam böse:

»Liebling, das war jetzt aber sehr frech von dir! Gerbers ist Programmdirektor. Einfach zu fragen: Ist das jetzt Ihre Gattin? So was tut man doch nicht!«

»Wieso denn?«, fragt meine Frau ganz unschuldig. »Es war doch seine Frau. Oder?«

»Ja, eben. Aber die haben zehn Jahre auseinandergelebt. Seine Sekretärin hat zwei Kinder von ihm, will ihn aber nicht heiraten. Jetzt ist er zu seiner Frau zurückgegangen. Dahinter steckt eine menschliche Tragödie. Und du fragst so einfach: Ist das jetzt Ihre eigene Gattin? Man muss doch ein bisschen Feingefühl haben!«

In dem Augenblick kommen zwei Frauen herein: Frau Ruhländer und die junge Frau Martens. Ich nicke Ihnen freundlich zu. Und meine Frau wieder ganz naiv:

»Ach, das sind nun wohl Mutter und Tochter?«

»Nein«, sage ich, »das sind nicht Mutter und Tochter. Die Ruhländer hat zwei Jahre mit dem Mann von der Martens zusammengelebt. Aber dadurch sind sich die beiden Frauen irgendwie nähergekommen. Wie, weiß ich auch nicht. Jedenfalls sind die beiden Frauen jetzt zusammengezogen und haben den Mann ausgebootet. Der sitzt dahinten an der Bar und betrinkt sich.«

Da sieht mich meine Frau mit diesem Ogottogott-Blick an und sagt:

»Ja, verdammt noch mal, wer soll sich denn das alles

merken! Ich bin doch kein Computer. Du verlangst von mir, dass ich wissen soll, ob Weinrichs Frau mit Martens Lover in der Nervenklinik mit der Bildmischerin von Zehlickes Krankenschwester seit zwei Wochen nicht mehr weiß, mit wem sie noch verheiratet ist oder schon wieder?«

Alle haben es mitgehört. Da ist mir der Kragen geplatzt. Ich habe sie ausgeschimpft:

»Liebling, bitte! Ich schäme mich für dich. Die gucken uns schon alle an. Was ist das für ein Benehmen!«

Aber sie, was macht sie?

Geht auf Dr. Möhring zu und sagt:

»Hallo, Dr. Möhring. Haben Sie eigentlich schon gewusst, dass Hans und ich uns getrennt haben? Das wussten Sie nicht? Hans wusste es ja selbst nicht. Aber jetzt weiß er's!«

Und dreht sich weg und holt sich noch ein Glas Champagner von der Bar.

Eva oder Der Nuttenwalzer

Ich steh jede Nacht bei Würstchen Witt
Am Hans-Albers-Platz: »He, kommst du mit?«
Aber abends um acht in der Heiligen Nacht
Sitz ich immer im Silbersack.
Leute, glaubt mir:
Im Herzen, da bin ich ja noch
Eine Jungfrau
Und glaub an den Weihnachtsmann.
Ich schwöre,
Ich will mit dem Anschaffen aufhörn.
Heut noch fang ich damit an.
Na gut, nur einmal noch, mit der Kohle komm rüber,
Weihnachten kostet es doppelt mein Lieber.
Für 'nen Hunni verwöhne ich dich
Weihnachtlich.

Auf der Uni hab ich studiert.
Doch mein Professor hat mich verführt.
Spendier mir ein Bier
An der Bar früh um vier.
Ganz intim erzähl ich dann dir
Von meiner Kundschaft.
Neulich hatt' ich einen Psychologen,
Der sagte, dass Frauen wie ich
nichts dafür können, sie sind vom Leben betrogen,
Psychologisch gesehen, gesellschaftlich.
Ich sagte, mein Junge, vergiss deine Nöte.
Zuerst bläst dir Eva mal zärtlich die Flöte.

Im Übrigen: Ich mach's umsonst,
wenn du nicht kommst.

Guck doch mal hier, hier zeig ich dir
Meine Mutter, das ist ein Foto von ihr.
Ich geh auf'n Strich
Nicht für mich, nicht für mich.
Meine blinde Mutter ernähre ich.
Mama, ich lieb dich.
Heute hatt' ich 'nen Geschichtsprofessor,
Der sagte: Die Prostitution
War bei den alten Ägyptern viel besser,
Sie hatte eine soziale Funktion.
Ich sagte: Mein Junge, keine Komplexe,
Wir kriegen ihn hoch, wenn ich ihn verhexe.
Im Übrigen mach ich's umsonst,
Wenn du nicht kommst.

Falls du auch mal möchtest,
Genier dich nicht.
Ich liebe euch alle. Natürlich auch dich.
Aber abends um acht
In der Heiligen Nacht
Steh ich wieder im Silbersack.
Leute, glaubt mir:
Eigentlich bin ich ja noch eine Jungfrau
Und glaub an den Weihnachtsmann.
Ich schwöre: Ich will mit dem Anschaffen aufhören.
Heut noch fang ich damit an.
Na gut, nur einmal noch,
Mit der Kohle komm rüber,
Weihnachten kostet es doppelt, mein Lieber.
Für 'nen Hunni verwöhne ich dich
Weihnachtlich.

Die Erfindungen meines Vaters

Mein Vater hat im schrecklich kalten Kriegswinter 1944, während seines dreitägigen Fronturlaubs, die Ölheizung erfunden. Auf bis heute ungeklärte Weise war er in den Besitz von drei Kanistern Dieselkraftstoff gekommen. Bestimmt eine wehrkraftzersetzende Tat, für die man ihn an die Wand gestellt hätte, wenn sie ihn erwischt hätten. Aber diese drei Kanister waren sein Weihnachtsgeschenk an uns. Als er aus dem glorreichen Feldzug nach Hause kam, fand er seine Familie steif gefroren im Bett unter Wolldecken vor. Kohlen, Briketts oder Koks gab es nicht mehr, sämtliche Möbel waren längst verheizt, und der Kohlenklau an der Güterumgehungsbahn war inzwischen viel zu gefährlich. Da dachte mein genialer Vater kurz nach, nahm einen alten WC-Wasserkasten samt Wasserfallrohr vom Klosett und befestigte ihn über dem Küchenherd. Das Rohr kniff er unten so weit zusammen, dass nur noch Tropfen in einigem Abstand heraustropfen konnten. In die Feuerstelle des Herds legte er einen Schamottstein, auf den die Tropfen drauftropften. Dort wurden sie angezündet. Bis zu den heutigen thermostat- und computergesteuerten Brennern war es dann kein weiter Weg mehr.

Na gut, zwei- oder dreimal explodierte unser Herd, weil sich wohl Gase gebildet hatten.

Nach der letzten Explosion war der Herd auch nicht mehr zu gebrauchen – er war mitten durchgerissen –, der Kessel mit Kochwäsche, der auf der Herdplatte stand, war circa einen Meter hochgeflogen, meine Mutter, die danebenstand, hatte infolge der Stichflamme plötzlich keine

Augenbrauen mehr. Aber Explosionen waren wir im Krieg schließlich gewohnt. Auf jeden Fall: Mein Vater hat die Ölheizung erfunden. Andere sind später damit reich geworden.

Mein Vater ist übrigens auch der Erfinder der Küchenmaschine. Ich erinnere mich noch sehr genau an jenen 3. Advent 1946, als meine Mutter in der Ein-Zimmer-Mehrfamilien-Wohngarage, in welcher wir damals lebten, eine Vanillezucker-Mondamin-Schlagsahne herstellen wollte. Sie verwendete zum Schlagen eine aus dem Krieg gerettete Gabel. Die cremige Masse war jedoch durch kein noch so kräftiges Gabelschlagen dazu zu bewegen, sich in Schaum oder Sahne zu verwandeln.

Mein Vater saß mit gerunzelter Stirn daneben. Plötzlich, man konnte es ihm ansehen, ereilte ihn ein Geistesblitz: Er holte einen alten Messingdraht aus der Werkzeugkiste, bog ihn über Kreuz – ungefähr wie ein Quirl –, steckte ihn in die alte, aus dem Krieg gerettete Bohrmaschine und bat meine Mutter, den Topf festzuhalten. Dann hielt er die Bohrmaschine über den Topf, steckte den Quirl in die Vanillecreme und drückte auf den Knopf. Im nächsten Augenblick klebte die Vanillecreme an der Wohnküchenwand. Die 800 Umdrehungen der alten Bohrmaschine waren für ein Küchengerät wohl doch etwas zu schnell.

Diese gewisse Anfangsschwierigkeit überwand er jedoch schnell durch geschickte Quirl-Haltung – und bald kamen sämtliche Hausfrauen der Nachbarschaft zu uns, um sich ihre Kartoffelpürees, Kuchenteige usw. schlagen zu lassen. Bis zur Entwicklung der modernen Multimixgeräte, wie sie heute wieder von Tausenden liebevoller Ehemänner ihren Frauen zu Weihnachten geschenkt werden, war es nur noch ein kleiner Schritt.

Um alle Erfindungen meines Vaters hier aufzuzählen, reicht der Platz nicht. Er erfand unter anderem in den Jahren 1945/46 den modernen Fahrradsportreifen aus altem Schiffstau. Der Reifen hatte damals schon die heute so beliebte sportliche Härte mit der knappen Auflage. Mein Vater hat auch die sogenannte Turnschuhgeneration vorausgesehen. Bereits im Jahre 1946 erfand er den Autoreifen-Turnschuh, ein sehr exquisites Modell, das er aus alten Autoreifen schnitt, und dazu den ungeheuer modisch durchgestylten Sandalen-Riemen aus altem Autoschlauch. Eine solche gediegene Fußbekleidung können sich heute überhaupt nur noch Snobs aus der High Society leisten.

Auf eine spezielle Weihnachtserfindung meines Vaters muss ich aber doch noch ausführlich eingehen: Mein Vater ist auch der Erfinder des pädagogischen Spielzeugs. Er erfand das erste pädagogische Spielzeug: die dampflose Dampfmaschine. Weihnachten '46 stand unter dem Tannenbaum für mich etwas für jene Zeit absolut Unvorstellbares, nämlich eine Dampfmaschine. Die hatte mein genialer Vater selbst gebaut, jawohl! Aus einem alten Stück Eisenrohr (das war der Dampfkessel), einem Schwungrad aus irgendeinem Autoteil und einem Ottomotor-Ventil. Die Maschine war erst an Heiligabend fertig geworden. Wir heizten sie an und warteten gespannt, aber die Maschine regte sich nicht.

Mein Vater sagte, der Dampfdruck reiche nicht aus, wir müssten eine andere Lösung suchen. Das war schon die erste pädagogische Wirkung der Maschine. Mein Vater holte eine Pressluftflasche mit sechs atü Pressluft und schloss sie an den Kessel an. Dann öffnete er das Ventil. Die Maschine raste los. Es zischte, knallte und krachte, als würde das Haus auseinanderfliegen. Meine Mutter lief schreiend aus dem Zimmer, mein Vater und ich warfen uns in Deckung auf den Boden.

Von jenem Jugenderlebnis rührt noch heute meine tiefe Skepsis gegenüber allem technischen Fortschritt im Allgemeinen und Kraftwerken im Besonderen her. Die erzieherische Wirkung des pädagogischen Spielzeugs, das mein Vater erfunden hatte, ist also voll zur Geltung gekommen.

Die Ohrfeige

Es geschieht ja viel zu selten. Aber manchmal gibt einem das Schicksal oder der Weltenlauf oder wer immer da mit unserm Leben Würfel spielt, doch mal eine Gelegenheit. Zum Beispiel: eine Gelegenheit zur Rache. Und wenn es auch nur eine kleine ist. Ach, das war ein schönes Erlebnis!

Dabei hatte ich Walther Muschnick schon lange vergessen. Obwohl das leise Knurren in meinem Ohr mich eigentlich täglich an ihn erinnern müsste. Wenn ich drauf achte, knurrt es bei mir im rechten Gehörgang. Und zwar bei jedem Wimpernschlag. *Knurr* macht es dann. *Knurr.* Wie oft schlägt man die Wimpern in der Minute? Zehnmal? Zwanzigmal? Ich hätte also ohne weiteres Grund genug, zwanzigmal in der Minute an Walther Muschnick zu denken, diesen Denunzianten, diesen weinerlichen Schreihals, diesen Lügner, diesen falschen Hund. Aber wie gesagt: Ich hatte ihn schon lange, schon jahrzehntelang vergessen.

Dann trat ich eines Tages zu einem vorgabewirksamen Golfturnier an. In der Spieleraufstellung las ich den Namen Walther Muschnick. Und dachte mir immer noch nichts dabei. Nein, es funkte kein bisschen.

Aber dann, auf der Driving-Range, kam einer auf mich zu, mittelgroß, kleiner Bauch, rundes, flaches Mondgesicht, wässrige blaue Augen – und lächelte mich an. So schleimig, so irgendwie unaufrichtig. Trotzdem erkannte ich ihn nicht gleich.

»Hallo, Scheibi, darf doch nicht wahr sein! Kennst mich

nicht mehr? Hier treffen wir uns wieder. Volksschule Dörnstraße. Mehr als sechzig Jahre muss das her sein.«

Tatsächlich: Walther Muschnick stand vor mir.

Und sofort war wieder alles da: Der Lokstedter Steindamm, wo damals die Straßenbahn noch eingleisig fuhr, der breite Fahrradweg, das NSU-Rad und der Mann, der über die Straße auf mich zugelaufen kam.

»Ja, Mensch«, sagte ich, »Walther. Walther Muschnick! Zwei Bankreihen hinter mir, Lehrer Wiechmann und Fräulein Klint. Siehst aber gut aus. Und du spielst jetzt Golf?«

Ich sagte nicht, was ich dachte: Du warst doch eine Flasche in Deutsch, und Englisch und Mathe konntest du auch nicht, hast dich immer durchgemogelt. Auf der Oberschule, wie das Gymnasium damals hieß, hab ich dich dann nicht mehr gesehen. Kannst doch unmöglich genug verdienen, um dir den Golfclub zu leisten.

Aber weit gefehlt. Ob ich die Marke Fixflex kenne? Natürlich kannte ich die. So eine Art Heimwerkerleim, findet man in jedem Baumarkt.

»Das ist meine Marke«, sagte er. »Produktion in Hannover und vier Nebenfabriken. Die übernehmen jetzt aber schon meine Söhne.

Aber das ist nicht alles: Mein Hauptgeschäft sind T-Shirts aus Sri Lanka – du kannst dir nicht vorstellen, wie viel man damit verdienen kann. Man muss natürlich Kontakte haben …«

Wir spielten im Viererflight. Die anderen beiden führten eine eigene Unterhaltung. Und Walther erzählte mir nach jedem Schlag, den wir taten, von seinen Fabriken und seinem wirtschaftlichen Aufstieg und seiner Zeit in England und seinen Investitionen und dass es immer darauf ankommt, den richtigen Riecher zu haben.

»Du musst es einfach ahnen, wann ein Acker zu Bauland wird. Das hatte ich immer im Urin. Und da gibt's natürlich Möglichkeiten, die Ahnung ein bisschen zu fördern, verstehst du?«

Walther Muschnick hatte ein Fahrrad. 1949 kam er den Lokstedter Steindamm heruntergefahren und klingelte laut und angeberisch mit seiner Fahrradklingel. Ich stand vor der verrosteten Pforte zu unserer Behausung – und staunte nur noch. Walther hatte ein NSU-Rad, es sah neu aus, hatte sogar eine Vorderlampe und Rückstrahler an den Pedalen.

Walther fuhr eine Pirouette vor mir. Er klingelte und fuhr im Kreis und lachte.

Mein Gott: Ein Fahrrad. Das war doch ein Traum! Mein Vater hatte damals in den Trümmern einen verbogenen Fahrradrahmen gefunden. Und das war für uns schon ein Wunder. Mein Vater hatte mir versprochen, er würde auch noch ein paar Räder finden und dann baue er es mir zusammen. Aber Walther Muschnick hatte ein NSU-Rad.

Ich war aufgeregt und ungeduldig:

»Lass mich auch mal fahren, Walther!«

Fahrrad fahren konnte ich ja schon. Auf dem Fahrrad von Rudolf, meinem großen Cousin, hatte ich es gelernt. Darauf konnte man allerdings nur mit einem Bein treten, die Pedale wurden mit einer Feder zurückgeholt. Rudolf war mit nur einem Bein aus dem Krieg zurückgekommen.

»Nein, ich lasse niemandem auf meinem Rad fahren!«, sagte Walther und fuhr weiter im Kreis.

»Warum denn nicht? Nur bis dahinten zum Laternenpfahl. Bitte, Walther!«

»Du kannst ja gar nicht fahren. Du fällst nur damit hin!«

»Unsinn. Ich kann Fahrrad fahren. Bitte! Nur einmal, Walther!«

»Was gibst du mir dafür?«

»Was ich dir gebe? Ich hab nichts. Ich möchte doch nur einmal fahren.«

»Wenn du mir nichts gibst, darfst du auch nicht fahren.«

Aber ich wollte so gerne einmal Fahrrad fahren – auf einem richtigen Fahrrad.

»Hier. Mein Feuerzeug.«

Das hatte ich in der Tasche. Ein Benzinfeuerzeug, meinem Vater entwendet. Ich brauchte es nicht. Aber ein Feuerzeug zu haben, das ist ja was!

»Na, schön«, sagte Walther Muschnick, stieg ab, nahm das Feuerzeug und übergab mir das Rad.

»Aber keinen Meter weiter als bis dahinten zum Laternenpfahl.«

Natürlich nicht.

»Versprochen?«

»Versprochen!«

Und ich stieg auf sein Rad – ein Gefühl, wie man es heute gar nicht mehr beschreiben kann. Einen Daimler kauft man sich heute jeden Monat. Aber damals: ein NSU-Rad zu besteigen: mein lieber Mann!

Walther Muschnick schlug mit dem Holz fünf vom Fairway ab. Sein Ball hatte einen Rechtsdrall. Wir spielten auf einem Dogleg, also eine Bahn wie ein Hundebein. Der Ball flog um die Ecke. Man sah nicht, wo er landete. Auf einmal hatte Walther es eilig, seinen Ball zu finden. Er lief uns voraus.

Damals war *ich* enteilt. Mit dem Fahrrad. Nicht weit. Aber natürlich etwas weiter als bis zum Laternenpfahl. Ich hatte gedacht: Mein Gott, das wird er ja wohl überleben, wenn ich jetzt noch ein kleines bisschen weiter fahre.

Rad fahren, sich in die Pedalen legen, so schnell wie es irgend geht. Wunderbar, einfach herrlich!

»Hilfeeeeee! Mein Fahrrad! Hilfeeeee! Er stiehlt mein Fahrrad!«

Walther schrie aus Leibeskräften. Ich wollte schon umkehren. Da kam der Mann von der anderen Straßenseite herübergerannt. Es ging alles ganz schnell. Er hielt das Rad fest, und dann schlug er zu. Mit der linken Hand. In meinem rechten Ohr gab es einen Knall! Ich sah die Sterne.

»Da! Du Dieb!«, rief der Kerl. »Was fällt dir ein!«

Walther kam angelaufen:

»Gib mir mein Fahrrad wieder! Gib mir mein Fahrrad wieder!«

Mir war schwindelig. Das Ohr und die Wange brannten, und ich lief nach Hause. Der Mann war verschwunden.

Ich war an der Stelle auf dem Fairway angekommen, wo es nach rechts abbiegt.

Ich konnte Walther nicht sehen. Ich sah nur, dass er wieder in Position ging, um den nächsten Schlag auszuführen. Aber da rief Heinz Mertens, einer der beiden anderen Spieler aus unserem Flight, irgendetwas herüber.

»Halt!«, rief Mertens. »Nicht weiterspielen!«

Keine Ahnung, was da los war.

Ich stand bei meinem eigenen Ball und holte das Fünfer-Eisen aus dem Bag …

Nach der Ohrfeige damals hatte ich Walther Muschnick nicht mehr wiedergesehen. Meine Mutter brachte mich während der Ferien ins Krankenhaus, weil ich Gleichgewichtsstörungen bekam. Ich fiel immer hin. Einmal sogar die Treppe runter.

Klarer Fall: Dass Trommelfell war von der Ohrfeige geplatzt. Drei Wochen lag ich im Krankenhaus. Und als die Schule wieder begann, war Walther Muschnick nicht mehr da. In eine andere Stadt gezogen mit seinen Eltern.

Bei mir aber machte es Knurr. Und zwar ganz laut im Ohr. Die Narbe war ja noch frisch.

Immer Knurr.

»Das bleibt jetzt so«, hatte der Arzt meiner Mutter gesagt. »Aber er gewöhnt sich dran. Irgendwann hört er es dann gar nicht mehr.«

»Streiten Sie es gar nicht erst ab, Herr Muschnick. Ich habe es genau gesehen: Sie haben den Ball mit dem Fuß aus dem Gebüsch geholt. Sie standen mit dem Rücken zu dem Busch und haben so getan, als würden Sie in Richtung Fahne blicken. Dann haben Sie den Ball mit dem Fuß herausgezogen ohne auf den Boden zu blicken, und haben den Ball dann noch ein Stück aufs Fairway gestoßen. Sie sind disqualifiziert!«

»Lächerlich«, sagt Walther. »Beweisen Sie mir das. Sie sind ein verdammter Lügner! Ich liege vier Schläge vor Ihnen. Das vertragen Sie wohl nicht.«

Ein Golfturnier ist kein Spaß, muss man wissen. Es gibt kein größeres Verbrechen, als in einem Turnier absichtlich zu betrügen. Sich unbeobachtet zu glauben und den Ball in eine bessere Position zu bringen – das kann die schlimmsten Folgen haben. Nein, Golf ist kein Spaß.

Mertens sieht sich nach Lemward um, seinem Partner. Aber der zuckt nur mit der Schulter.

»Ich bin mir nicht sicher«, sagt er.

Walther grinst. Sein schmieriges, irgendwie hinterhältiges Grinsen.

»Na bitte«, sagt er. »Sie haben es sich ausgedacht.« Und dann zu mir: »Was sagst du zu so etwas, Hans?«

»Was ich sage? Es stimmt, sage ich. Ich habe es auch gesehen. Ich bin Ihr Zeuge, Herr Mertens!«

Ich weiß, es war klein und böse von mir. Ich hatte überhaupt nichts gesehen. Aber: Es war die Gelegenheit. Die Gelegenheit, es ihm heimzuzahlen. Wann hat man schon mal dieses Glück im Leben? Ich war ihm ja gar nicht mehr böse. Ich hatte doch alles vergessen.

Ich wäre niemals auf die Sache mit dem Fahrrad gekommen. Neunzehnhundertsiebenundvierzig! Mehr als sechzig Jahre her!

Aber wenn sich doch hier so eine schöne Gelegenheit bietet? Man darf doch das Schicksal nicht enttäuschen.

Walther Mischnick konnte es nicht fassen und hat es bestimmt bis heute nicht begriffen.

»Wieso sagst du das, Hans? Wie kannst du mich so reinreißen? Wir waren mal zusammen in einer Klasse!«

Sie haben Walther Muschnick die Mitgliedschaft gekündigt. Und für zwei Jahre sind alle deutschen Golfplätze für ihn gesperrt.

Aber immer, wenn es jetzt *Knurr* macht in meinem Ohr, höre ich das irgendwie gern.

Der ärmste Mann der Welt

Ein satirisches Weihnachtsmärchen
Uraufführung 2009 Lustspielhaus Hamburg

Vorspiel

Wir befinden uns irgendwo im Kosmos. Blauer Hintergrund mit blinkenden Sternen. Es tritt auf der himmlische Planetenverwalter: eine majestätische Erscheinung im weißen, wallenden Gewand, lange blonde Haare, ein drittes Auge auf der Stirn. Außerdem hat er ein auffälliges Headset mit Mikro. In der Hand trägt er ein altertümliches Fernrohr.

Der himmlische Planetenverwalter wendet sich zunächst in die Weite des Kosmos – also nach oben, an die Seiten und nach hinten.
PLANETENVERWALTER:
Zentrale, hören Sie mich?

Planetenverwalter AX327C meldet sich zum Schichtbeginn. Weltzeit 004.15, 1. Beobachtungsobjekt Terra, zehn hoch minus zwölfter Sonnenumlauf. St. Nikolaus und Engel 3484 »Veronika« auf Servicetour, Christmas Service. Begebe mich in Beobachtungsposition. Over.

Richtet das Fernrohr auf das Publikum, setzt es hin und wieder ab

Nun geht diese Quälerei also wieder los. Jedes Jahr dasselbe Theater, weil die da unten unbedingt Weihnachten feiern müssen. Und ich bin dafür zuständig ... Wir haben zurzeit exakt 23721 bewohnbare Planeten im Kosmos, alle bevölkert mit so menschenverwandten Lebewesen jeder Entwicklungsstufe; davon wissen diese Erdlinge natürlich nichts, halten sich immer noch für die einzigen

Lebewesen, für die Endstufe der Evolution und nehmen sich entsprechend wichtig. Ausgerechnet die! Nichts als Chaos und Unfug treiben sie da unten.

Ah ja, ich glaub, ich krieg die beiden langsam rein.

Justiert an seinem Fernrohr

Und jetzt wieder Weihnachten. Pflichtprogramm: St. Nikolaus und Engel 3448 auf Terra schicken. Gern tu ich den beiden das wahrhaftig nicht an. Und dann diesmal auch noch mit 'nem Sonderauftrag von der Zentrale: Dem ärmsten Menschen auf der Erde sollen sie zwanzig Goldstücke überreichen. Wieder so eine völlig unbegreifliche Idee von Denen da oben. Statt einfach jedem armen Menschen auf der Welt, sagen wir mal, drei Goldstücke zukommen zu lassen, nein, müssen Sie wieder so ein Wunder veranstalten: *Einer* soll zwanzig Goldstücke bekommen, das entspricht zurzeit etwa 20000 Euro.

Wie sollen sie den denn überhaupt finden? Was dieser St. Nikolaus mit seinem Engel da jedes Mal Weihnachten durchmachen muss auf der Erde: schlimm und unbegreiflich so was. Geraten völlig außer Kontrolle, diese sogenannten Erdlinge. Aber Auftrag ist Auftrag.

Und ich muss die beiden von hier aus der kosmischen Ferne ätherisch begleiten. Kann natürlich nicht eingreifen von hier aus, umhüllt von schwarzer Materie in der anderen Welt. Muss hilflos mit ansehen, mit welchem irdischen Irrsinn sie sich wieder herumschlagen müssen. Kann nur hoffen, es möge um Himmels willen noch mal ein gutes Ende nehmen.

Hat sie mit dem Fernrohr gefunden

Da! Das sind sie. Scharfeinstellung.

Zentrale, hören Sie mich?

St. Nikolaus und Engel 3448 »Veronika« im Focus. Weltzeit 00415,3, Over.

1. Szene

Auf der Erde

Hinter der Bühne sprechen Engel und Nikolaus erregt, dann kommen sie beide auf die Bühne

ENGEL:
Nikolaus, denk nach. Wo hast du ihn stehen lassen?

NIKOLAUS:
Wieso denn ich? Ich hab dich doch gebeten, auf ihn aufzupassen.

sie kommen auf die Bühne

ENGEL:
Entschuldigung, werte Damen und Herrn. Haben Sie unseren Sack gesehen? Den Sack mit den Geschenken?

NIKOLAUS:
Der Sack ist weg! Der Sack ist weg, es ist nicht auszudenken.

ENGEL *(im Abgehen)*:
Er hat ihn wieder irgendwo stehen lassen.

NIKOLAUS:
Verdammte Axt, Veronika, ich hatte dir befohlen, auf ihn aufzupassen …

beide ab

2. Szene

ENGEL *(schleppt sich mit dem Sack vom Nikolaus ab)*:

Puuuuh – Das ist noch mal gutgegangen. Ich möcht nicht wissen, welche Strafe Die da oben uns aufgebrummt hätten. Nikolaus lässt sich seinen Sack mit den Geschenken klauen.

NIKOLAUS:

Ihr Götter da oben von der Himmelsbehörde,
wie tut ihr den Menschen hier auf der Erde
immer unrecht. Dass sie nur stehlen und rauben,
behauptet ihr doch. Ihr werdet's nicht glauben:
Ehrlich sind sie, dem Himmel zum Ruhm.
Sie haben bewacht unser Eigentum.
Wir suchten und suchten – und waren soeben
bereit schon, die Suche aufzugeben,
da sehen wir sie stehen am Bahnhof heute.

ENGEL *(zum Publikum)*:

Im Halbkreis standen mindestens hundert Leute
um unser Gepäckstück herum …

NIKOLAUS:

Jawohl: Wie verzückt
haben sie auf meinen Sack geblickt.
Sie wagten sich gar nicht näher heran,
als hätte der Sack vom Weihnachtsmann
wie etwas Heiliges fromm sie gerührt.

ENGEL *(zum Publikum)*:

Die hatten bloß Angst, dass der Sack explodiert.

NIKOLAUS:

Und wie ich dann die Menge zerteilte
und glücklich zu meinem Sack hineilte,
riefen Sie: »Halt! Der Sack wird nicht angefasst.«
So fürsorglich haben sie auf ihn aufgepasst.

ENGEL *(zum Publikum)*:

Er hat natürlich überhaupt nichts geschnallt.
Die hatten nur alle Schiss, dass es knallt.

NIKOLAUS:

Und dann riefen sie: »Bitte bleib weg von den Sachen.
Ein Arbeitsloser soll erst mal den Sack aufmachen.«
Aber dann, Veronika, welch eine Freude!
Ich gehe zum Sack, seh hinein – und die Leute
drehen sich um und wollen gar nicht wissen,
was alles drin ist außer Äpfeln und Nüssen …

ENGEL:

Nee, sie haben sich auf die Erde geschmissen,
sind in Deckung gegangen.

NIKOLAUS:

Oh nein, oh nein!
Sie wollten nur nicht so neugierig sein,
Wollten noch gar nicht seh'n alle Gaben,
die wir vom Himmel mitgebracht haben.

ENGEL *(zum Publikum)*:

So ist er nun mal, unser Nikolaus.
Glaubt nur an das Gute, man hält es nicht aus.
Wenn ich sage, St. Nikolaus, da unten
zeigt ins Publikum

sitzen auch wieder etliche Schufte und Lumpen,
würd er's nicht glauben: Nein, alles gute Christen,
auch Kofferattentäter und Gepäckterroristen.

NIKOLAUS:

Dann riefen sie die guten Männer herbei
von der freundlichen Bahnhofspolizei.
Denen hätte ich gern für die Heilige Nacht
die Segensgrüße vom Himmel gebracht,
doch du hast mich grob durch die Menschenwogen
mitsamt dem Sack aus dem Bahnhof gezogen.
Warum nur hast du mich weggezerrt?

ENGEL:

Warum? Die Bullen hätten dich eingesperrt.

NIKOLAUS:

Die Bullen? Die Bullen? Wer soll denn das sein?

ENGEL:

Oh, Nikolaus! Bist du denn überhaupt nicht informiert. Die hätten dich doch sofort als verdächtigen Terroristen verhaftet. Lässt sein Gepäck am Bahnhof stehen!

NIKOLAUS:

Na und? Ich bin doch schon etwas vergesslich als Weihnachtsmann.

ENGEL:

Die hätten deinen Ausweis verlangt, und was dann?

NIKOLAUS:

Wieso, ich bin doch St. Nikolaus.

Mein Bart und mein Mantel, die weisen mich aus.
Vom Himmel hoch, da kommen wir her …

ENGEL:
Das hätte dir doch kein Mensch geglaubt. Und ich habe dir extra vor unserem Abflug in den Himmel gesagt: Lass dir wenigstens ein paar Ausweise fälschen in der himmlischen Druckerei …

NIKOLAUS:
Solange ich brachte meine Himmelsgaben
zur Erden, wollte niemand meinen Ausweis haben.

ENGEL:
Erstens, Nikolaus, hör jetzt endlich mal auf, in Reimen zu sprechen. Das geht mir auf die Nerven! Und zweitens: Jeder Weihnachtsmann im Einkaufszentrum hat seinen Ausweis bei sich zu haben. Erstens wegen der Terroristen und zweitens, weil sie dich sonst als Schwarzarbeiter einsperren.

Oh Mann, warum haben sie ausgerechnet mich verdonnert, dich zu begleiten.

Da sitzen sie in der Weihnachtswerkstatt, diese braven, doofen Werkstattengel, und basteln und sägen und machen und tun. Und merken gar nicht, dass sie damit wieder Arbeitsplätze auf der Erde vernichten. Die himmlische Weihnachtswerkstatt, das ist organisierte Schwarzarbeit. Die müssten alle verhaftet werden. Auf jeden Fall: Deine Weihnachtsgeschenke sind schlimmer als Geschenke zu Dumpingpreisen. Sag nie wieder, dass wir vom Himmel kommen und alles kostenlos liefern. Ohne Arbeitslohn und ohne Lohnsteuer und ohne Mehrwertsteuer. Was du hier machst, Nikolaus, ist illegal.

NIKOLAUS:

Das glaub ich nicht. Das denkst du dir nur aus.
Freude und Gutes bringen wollt ich nur.

ENGEL:

Ein Schaden für die Wirtschaftskonjunktur.

NIKOLAUS:

Bracht' meine Gaben, wo ich Kummer sah und Leid.

ENGEL:

Und steigerst nur die Arbeitslosigkeit.

NIKOLAUS:

Sei still, du Engel, du. Du sollst dich schämen.

ENGEL:

Auch, um dir stets die Flasche wegzunehmen,
haben sie mich mit dir mitgeschickt. Gib her.
nimmt ihm die Flasche weg
Und jetzt müssen wir weiter. Vor allem müssen wir den ärmsten Mann des Landes finden. Unser Sonderauftrag.

NIKOLAUS *(gekränkt)*:

Wozu denn noch? Hat doch gar keinen Sinn,
wenn ich den Menschen nur zum Schaden bin.

ENGEL:

Ach, Nikolaus, in über zweitausend Jahren musst du doch mal gelernt haben: Die da oben haben keine Ahnung von hier unten – und himmlische Aufträge sind immer unbegreiflich. Komm, geh voran!

3. Szene

Im Treppenhaus

ENGEL:

Wieso ist der Alte in diesem Haus verschwunden? Er hätte noch etwas abzugeben für bedürftige Kinder, erzählt er mir. Das ist bestimmt wieder mal eine List von dem alten Knaben. Wir sollen doch zuerst unseren Sonderauftrag erledigen. Den ärmsten Menschen sollen wir finden, diesen Josef. Aber Herr Nikolaus verschwindet einfach hier in diesem Haus.

bleibt vor einer Wohnungstür stehen, klopft an die Tür

Hallo, ist denn da keiner?

liest das Namensschild an der Tür

Frau Rothemund, machen Sie doch bitte auf. Ein Engel steht vor Ihrer Tür.

guckt durchs Schlüsselloch

Ich sehe etwas Rotes. Das kann sein Mantel sein. Nikolaus! Komm raus, ich weiß, dass du da drinnen bist!

zum Publikum

Verflixt, da passt man mal eine Sekunde nicht auf, und schon ist der Alte verschwunden. Das hätte er mir ja auch mal sagen können – da oben, der Planetenchef von der Himmelsbehörde, dass der Alte nicht nur alkoholgefährdet ist, sondern auch noch hinter jedem Rockzipfel herläuft. Nikolaus, komm raus!

NIKOLAUS *(von drinnen)*:

Ja, ja, ich komm ja gleich, ich muss mich nur noch anziehen.

ENGEL:

Nur noch anziehen? Mein Gott, was hat der da drinnen gemacht? Die Frau steht gar nicht auf unserer Liste! Außerdem sollen wir den ärmsten Mann des Landes suchen, der irgendwo auf einer Bank liegt und friert.

klopft wieder

NIKOLAUS *(kommt, wobei er sich noch den Mantel überzieht)*:

Langsam, mit der Ruhe, Veronika.
Ich komm ja schon, bin ja schon da.
er ist ganz verzückt
Mein Engel, ach, ich fühle mich so gut!
Du glaubst ja gar nicht, wie gut das tut.

ENGEL:

Was bitte, Nikolaus? Was hast du da drinnen gemacht bei der Frau … Frau Rothemund?

NIKOLAUS:

Susanne heißt sie. Sie ist wunderbar.
So schöne Beine und ihr schwarzes Haar …

ENGEL:

Um Himmels willen. Nikolaus! Du hast doch nicht mit Frau Rothemund ge… ge… ge… ich darf ja als Engel noch nicht einmal wissen, wie das genannt wird.

NIKOLAUS:

Ist mir ganz egal, wie das genannt wird.
Aber eines sage ich dir:
Alle himmlischen Freuden gebe ich gerne dafür.
Fünfhundert Jahre sitze ich nun schon
auf Wolken herum bei Harfenton

und Psalmengesängen und Himmelsmusiken.
Aber das alles ist nichts gegen dieses Entzücken!
Riech doch mal hier meinen Bart, ihren Duft!

Engel *(haut ihm eine Ohrfeige runter)*:
Du Lüstling, du geiler Bock, du Schuft!

Nikolaus:
Au! Was fällt dir ein! Deinen Vorgesetzten zu schlagen.
Was erlaubst du dir da? Das darfst du nicht.
Ich habe doch nur erfüllt meine Pflicht!
Der Himmel wird mir noch dankbar sein.
Ich habe schließlich zur Heiligen Nacht
dieser guten Frau hier ein Kind gemacht.

Engel *(entsetzt)*:
Um Himmels willen, Nikolaus!
Wenn Die da oben das mitbekommen haben, Nikolaus, dann bist du deinen Posten für ewig los, das sage ich dir. Fleischliche Lust, das ist doch das Schlimmste! Das gibt einen Aufschrei des Entsetzens im Himmel.

Nikolaus:
Aber nein, mein Engel. Sie werden mich loben.
Sie wissen doch ganz bestimmt da oben,
was mir Susanne so zärtlich erklärt,
nie hab ich eine schönere Stimme gehört:
Sie sagte ganz liebevoll: »Nikolaus:
Komm bitte her, komm zieh dich aus.
Mein Mann rief grade mal wieder an,
dass er noch lange nicht kommen kann,
er kämpft in seinem Job sich ab.

Ein Jahr lang haben wir schon keinen Sex mehr gehabt,
ich habe ihm gesagt: Gut, Werner dann,
dann schlafe ich eben mit dem Weihnachtsmann!
Von mir aus hat er gesagt, ja, bitte sehr,
wenn ich nach Haus komm, kann ich sowieso nicht
mehr.«

ENGEL *(stampft mit dem Fuß auf)*:
Oh, Nikolaus. das sind doch alles nur Ausreden. Die Frau ist eine Nymphomanin, das meldet doch der Planetenverwalter sofort da oben der Zentrale!

NIKOLAUS:
Mein Engel, was ich tat in Susannes Armen,
das ich tat ich aus Gnade mit ihr und Erbarmen.

ENGEL:
Halleluja!

NIKOLAUS:
Es ist doch sogar schon im Himmel bekannt:
Bald gibt's keine Kinder mehr im deutschen Land.
Das hat mir Susanne, eine herrliche Frau,
mit Zahlen sogar bewiesen genau.
»Wir Deutschen«, so sagte sie, »wir sterben bald aus.
Komm, mach mir ein Kind, mein Nikolaus.
Hab keine Skrupel, komm küss mich, komm her.
Sonst gibt es auch bald keine Weihnachten mehr.«
Ich wollt mich ja weigern …

ENGEL:
Ach wirklich. Wie schön!

NIKOLAUS:

Doch es blieb mir nichts, als es einzuseh'n.
»Ihr Kinderlein kommet«, so heißt doch das Lied. Woher sollen sie denn kommen, wenn's keine mehr gibt?
»Komm«, sagte sie, »Weihnachtsmann, tu deine Pflicht.«
Ach, und ihre Küsse, du glaubst es nicht …

ENGEL:

Nikolaus! Schweig! Ich schäme mich für dich!
So alt wie du bist …

NIKOLAUS:

Ja, ja, ich hatte das auch gedacht.
Hab so etwas lange schon nicht mehr gemacht.
Ich sagte: »Susanne, ich bin ja bereit,
jeden Wunsch zu erfüllen in der Weihnachtszeit,
aber ob ich alter Weihnachtsmann
das, was du möchtest, überhaupt noch kann …«
Da hat sie nur wieder so zärtlich gelacht!
»Das schaffen wir schon.« Und was sie dann gemacht
mit mir, o Engel, ich sage dir …

ENGEL:

Schweig, schamloser Greis! Ich will nichts mehr hören.

NIKOLAUS:

Es war doch Hilfe in höchster Not.
Vom Aussterben sind die Deutschen bedroht.
Als Heiliger der Kinder darf ich nicht ruh'n,
alles, was in meiner Kraft steht, zu tun,
damit wieder Kinder im Lande sind.
Sind's gute Kind', sind's böse Kind'?

Wen sollten wir denn in Zukunft bescheren,
wenn keine Kinder zum Bescheren mehr wären!

ENGEL:
Hör auf, Nikolaus. Ich wundere mich, dass sie noch keinen Blitz geschickt haben, dich zu erschlagen. Hast du eine SMS von oben erhalten auf deinem Himmelshandy?

NIKOLAUS:
Eine wie? Eine was? Nein, hat nicht geklingelt.

ENGEL:
Am liebsten würde ich sofort umkehren.
Sofort in den Himmel zurück.

NIKOLAUS:
Nein, nein, Veronika – meine Zeugungspflicht!!
Ein einziges Kind, das genügt doch nicht.
Ich biete jetzt als Weihnachtsmann
allen jungen Frauen meine Dienste an.
vor der nächsten Wohnungstür
Hier wohnt auch eine Frau, hier nebenan,
Frau Hildegard Meyer …
er will läuten

ENGEL *(hat ihm die Rute weggenommen und schlägt ihn):*
Ich werde dir zeigen, was es heißt, seine Pflicht zu tun.
Los, los, bisschen schneller.
zum Publikum
Ist doch nicht zu fassen:
Je öller, je döller!
beide ab.

4. Szene

Der Engel betritt die leere Bühne mit einem Tannenbaum, den er hinter sich herzieht, und einem kleinen Beutel

ENGEL:

Nikolaus! Nikolaus, wo bist du? Er ist mir schon wieder entwischt. Mitsamt dem Schlitten. Ich habe nichts als Ärger mit dem Alten. Die versetzen mich zurück in die Himmlische Geschirrspülanlage, wenn sie das rauskriegen. Hätte ich doch bloß nicht diesen Job übernommen. Weiß der Teufel – äh, Teufel darf ich ja nicht sagen –, weiß der Henker, wo er steckt. Er ist ja nicht nur ein Chauvinist, sondern auch noch Alkoholiker.

Dabei fürchte ich mich hier in dieser finsteren Gegend. Hinterm Bahnhof stinkt alles so. Hier soll man nun eine Bank finden, auf der der ärmste Mensch des Landes sitzt und sich höchstens mal von ein paar Erdnüssen ernährt.

Das stand in dieser himmlischen E-Mail:

Sie liest aus einer Urkunde vor:

»Sonderauftrag, Anordnung der Zentrale

Zum Abschluss eurer Weihnachtsaktion sollt ihr den ärmsten Menschen des Jahres in diesem Lande besuchen und ihn heiligsprechen. Er heißt Josef wie der Vater vom Herrn Jesus, ist aber kein Zimmermann, sondern heißt mit Zunamen Ackermann. Er ist Hartz-IV-Empfänger, obdachlos und sitzt auf einer Bank in der Nähe vom Bahnhof. Ihr aber sollt ihm mitten in seinem Elend erscheinen. Dann wird ein großer Stern am Himmel aufleuchten. St. Nikolaus soll vor ihn hintreten und ihm hundert Münzen aus purem Gold überreichen. Der Engelschor wird aus der Höhe singen, es werden ein paar Heilige erscheinen. Das Himmlische Orchester wird spielen, die Posaunen werden blasen …«

Na ja, eben das übliche Brimborium.
ruft wieder, schon ein bisschen ängstlich
Nikolaus! Wo bist du? Wir müssen den Josef, den Penner, suchen! So eine Scheiße aber auch! – äh, Scheiße darf ich natürlich auch nicht sagen.
Halleluja, Nikolaus!

NIKOLAUS *(kommt aus dem Himmel geflogen)*:
Da bin ich! Oh, Veronika! Kruzifix noch mal. Wo hast du denn gesteckt. Ich hab dich so gesucht!

ENGEL:
Du sollst nicht fluchen, Nikolaus!

NIKOLAUS:
Beim wichtigsten Auftrag der Himmelsbehörde lässt du mich im Stich! Aber du hast was versäumt, das sag ich dir. Oh, war das schön, oh, war das eindrucksvoll! Ich bin noch immer selber ganz ergriffen.

ENGEL:
Hauch mich mal an? Du hast ja was getrunken!

NIKOLAUS:
Champagner! Bis zum Abwinken! Die besten Weine, Lachs und Kaviar, auf goldenen Tellern und Musik, Musik – und schöne Menschen um mich her und Heilige …

ENGEL:
Also doch! Du hast schon wieder gesündigt. Das haben Die da oben bestimmt mitgekriegt. Und ich soll auf dich aufpassen. Hätt ich doch bloß den Job nicht übernommen.

NIKOLAUS:

Ach, du törichter Engel, du. Während du dich rumgetrieben hast, wer weiß wo, hab ich, St. Nikolaus, den ärmsten Menschen im Lande mit himmlischer Hilfe – ich möchte fast sagen – seliggesprochen.

ENGEL:

Du hast ihn gefunden? Den Obdachlosen, den Josef?

NIKOLAUS:

Jawohl, den Josef. Und habe immer nach dir gerufen. Aber Heiligabend war schon fortgeschritten, ich wäre doch sowieso schon fast zu spät gekommen.

ENGEL:

Ja, aber wie hast du ihn denn gefunden? Ich such doch auch schon stundenlang!

NIKOLAUS:

Na, wie! Ich hab mich durchgefragt. Am Bahnhof.

Den ersten besten seriösen Herrn mit Aktentasche sprach ich an:

»Verzeihung, Nikolaus mein Name, der echte. Kennen Sie einen gewissen Herrn Josef Ackermann. Er soll auf seiner Bank gleich hinterm Bahnhof sitzen und wurde oft schon von der Polizei verfolgt – und zwar zu Unrecht. Ich bin vom Himmel, die Heerscharen wollen Gerechtigkeit ihm widerfahren lassen.«

Da sah der Herr mich an und lachte sonderbar und sagte: »Ja, ja, der arme, arme Kerl ist wirklich zu bedauern. Da müssen Sie aber nach Frankfurt fliegen. Da sitzt er auf seiner Bank gleich hinterm Bahnhof.«

ENGEL:

Nach Frankfurt am Main? Du bist mit dem Schlitten nach Frankfurt geflogen?

NIKOLAUS:

Ja, und zurück zu dir. Was sollte ich denn machen?

ENGEL:

Wieso stand nichts von Frankfurt in der E-Mail? Ist denn der Stern auch vorschriftsmäßig erschienen, den sie leuchten lassen wollten?

NIKOLAUS:

Der Stern hat mir den Weg gewiesen. Den sah ich schon von oben aus den Wolken, den Dreigezackten, der sich immer drehte. Mercedes heißt – das wirst du ja wohl wissen: Maria voller Gnaden. Und gleich daneben war dann auch die Bank.

ENGEL:

Und Josef lag in Lumpen gekleidet auf der Bank, nur von einer Zeitung zugedeckt?

NIKOLAUS:

Na ja, so schlimm war es nicht mehr. Das Wunder war ja schon geschehen, bestimmt auf Veranlassung vom Planetenverwalter und der Zentrale, als ich ihn endlich in der achtzehnten Etage gefunden hatte …

ENGEL:

Achtzehnte Etage? Er lag doch bitte auf der Bank, der ärmste Mann des Landes? Nikolaus?!

NIKOLAUS:

Ach, Veronika, du weißt doch: Wer sich erniedrigt, wird erhöht. So haben sie den armen Josef auf seiner Bank in den Himmel gehoben zum Lohn für seine guten Taten – mit einem Mal war seine Bank zwanzig Stockwerke hoch und stand auch oben dran mit Leuchtbuchstaben: DEUTSCHE BANK, mit einem Zeichen, das zum Himmel wies.

ENGEL *(wirft sich auf die Erde)*:

Scheiße! Scheiße! Scheiße! Du bist der größte Trottel im Universum, Nikolaus. Der Ackermann, Vorstandsvorsitzender der Deutschen Bank, der zehn Millionen Gehalt im Jahr kassiert, der dauernd vor Gericht muss und Tausende von Leuten auf die Straße setzt, je besser es ihm geht, ausgerechnet den hast du beschert, du Obertrottel!

NIKOLAUS:

Nein, nein: Er ist ein Bettler, hat er auch selbst gesagt. Völlig unterbezahlt, wenn man's mal mit seinen Kollegen in den USA vergleicht.

ENGEL *(fix und fertig)*:

Und ... Nikolaus? Bei allen Himmeln, hast du dem Ackermann auch noch die hundert Goldmünzen gegeben? Dem Ackermann?

NIKOLAUS:

So lass mich doch der Reihe nach berichten.
Ich flog mit dem Schlitten durch die Heilige Nacht.
Der gesamte Luftraum wird streng überwacht.
Zwei Düsenjäger flogen nahe heran,
ich winkte: »Ich bin der Weihnachtsmann.«

Die waren richtig in Panik, »aufgeschreckt
von einem fremdartigen Flugobjekt«.
Bis mich ihr Angriff zur Landung zwang,
und zwar direkt auf der Deutschen Bank.
Ich sagte: »Ich bringe euch gute Mär.«
Die nahmen mich aber ganz hart ins Verhör,
ich sei ein Al-Quaida-Terrorist
Nein, sagte ich, ich komm vom heiligen Christ.
Ich bringe das Gold für Herrn Ackermann.
Da ließen sie mich sofort zufrieden dann.
Und sagten nur: »Der Mann ist ja auch so verarmt,
dass sich nun schon der Himmel seiner erbarmt!«

ENGEL *(weint)*:

Oh, Nikolaus, so eine Katastrophe! Die lassen mich hundert Jahre Geschirr spülen und Wolken sortieren. Ich wollte den Job doch gar nicht haben.

NIKOLAUS:

Was weinst du denn, Veronika? Es war wirklich schön: Der Saal war hell erleuchtet, wo er saß, der arme Ackermann, umringt von so vielen Gratulanten.

Ein Herr Steinbrück und ein armer Behinderter im Rollstuhl sowie eine Frau mit dem schönen Namen Angela. Sie sprach, dass der Heilige Josef Millionen Freunden geholfen habe – oder, warte mal ... seinen Freunden mit Millionen geholfen ...? –, auf jeden Fall, dass er ein guter Mensch ist und unser Mitgefühl verdient.

ENGEL:

Oh ja – so arm, dass er sich nur noch von Peanuts ernährt.

NIKOLAUS:

Oh ja, die standen da auch auf den Tischen herum, die Peanuts. Hab eine Tüte mitgebracht.

drückt sie dem verdutzten Engel in die Hand

ENGEL:

Oh, Nikolaus, reiß mir die Flügel aus. Ich komm nicht mit zurück in den Himmel. Bevor ich hundert Jahre Engelsunterwäsche waschen muss, bleibe ich lieber hier. Hätte ich den Job bloß niemals angenommen.

NIKOLAUS:

»Hier, nimm dies Gold«, sprach ich, vom Himmel eine Spende, dass sich dein Armutsleben nun für immer wende!

ENGEL: Und er hat es angenommen!?

NIKOLAUS:

Er sagte überglücklich: Ist ja toll.
Und stopfte beide Taschen sich gleich voll.
»Man glaubt ja nicht«, sprach er beschwingt,
»wie viele Kosten ein Prozess verschlingt.«

ENGEL:

Du bist der größte Trottel des Universums, Nikolaus! Ich sollte auf dich aufpassen. Und ich habe versagt!

NIKOLAUS:

Hör auf jetzt mit dem Klagen, Veronika. Nur weil du nicht dabei sein konntest, bist du nun enttäuscht. Ich aber hab den Auftrag ausgeführt. Und froh kehren wir zurück nun von der Erde:

Dem ärmsten Mann, o himmlische Behörde,
hab ich gebracht eure Barmherzigkeit:
Er sagte danke schön und hat sich sehr gefreut.

Es ist schon spät, Veronika. Wir müssen den Schlitten besteigen und in den Himmel zurück. Dort erwartet uns diesmal ganz bestimmt Jubel, Lob und Dank!

Nikolaus geht ab

5. Szene

ENGEL:

Ich fürchte mich zurückzukehren. Ja, Nikolaus, ich komme gleich hinterher … Nur einen Augenblick noch.

setzt sich seufzend auf einen Stein oder auf eine herumstehende Versandkiste

Aber eigentlich, wenn man es mal genau bedenkt, war es ja nur ein Versehen. Wie so häufig.

singt das Lied des Engels:

Eigentlich ist alles bestens.
Eigentlich ist alles gut.
Nur dass sich der Himmel manchmal,
wenn er Gutes tut, vertut.

Die nichts haben, soll'n was kriegen.
Ist doch irgendwie ganz leicht.
Nur dass sie die gute Gabe
häufig leider nicht erreicht.

Das sind Zustellungsprobleme.
Und so kommt das Gute dann
sonderbarerweise meistens
bei den falschen Leuten an.

Wenn die Reichen reicher werden
und die Armen hungernd frier'n;
das ist eben 'ne Verwechslung,
so was kann doch mal passier'n.

Wozu ich euch als ein Engel
vorsichtshalber sagen möcht:
Protestier'n nützt sowieso nichts:
Der liebe Gott hat immer recht!

Ein Obdachloser hat sich während des Gesangs hinter dem Engel auf eine Bank gelegt und schnarcht

ENGEL:
Es hilft nichts, ich muss zurück in den Himmel. Ich komme!
sieht den Obdachlosen
Oh! Wer ist denn das?
geht nahe heran
Ich trau mich nicht …
tippt ihn vorsichtig an
Hallo, Sie!

OBDACHLOSER *(verschlafen)*:
He, was soll das?
erschrickt, weil er den Engel sieht
Oh Gott, ich dachte, ich bin nüchtern. Seh ich jetzt schon die Engel im Himmel … geh weg, geh weg, lass mich zufrieden! Ich will noch nicht sterben.

ENGEL:
Hallo, mein Herr – heißen Sie Josef Ackermann?

Obdachloser:

Willst du mich jetzt schon abholen? Ist es so weit? Soll ich etwa nüchtern sterben?

Engel *(setzt sich neben ihn)*:

Keine Angst, lieber Josef. Ich komm vom Himmel und habe einen Sonderauftrag. Die Himmlische Behörde hat mich beauftragt, Ihnen einige Goldmünzen zu überbringen, aber leider ...

Obdachloser:

Um Gottes willen, bloß das nicht.

Engel:

Aber warum denn nicht? Können Sie denn kein Geld brauchen?

Obdachloser:

Bist du verrückt geworden, du verkleidete Heilsarmeetante? Wenn ich nur einen Euro zu viel bei mir hab, streichen die mir doch sofort meine Hartz-IV-Stütze. Agenda 2010, wenn du schon mal was davon gehört hast. Höchstens Naturalien kann ich annehmen. Hast du was zu fressen?

Engel:

Nein, tut mir leid ... oh, obwohl – das ist mir aber etwas peinlich –, nur diese Tüte mit Erdnüssen hier.

stellt den Tannenbaum neben ihm auf, zündet eine Kerze an

Obdachloser:

Was? 'ne ganze Tüte? Da kann ich drei Tage von leben. 'ne ganze Tüte Erdnüsse! Du bist tatsächlich ein Engel – da hätte ich vorhin noch 'ne Million für gegeben ...

Engel:

Du musst wahrlich ein verdammt guter Mensch sein – Verdammt darf ich nicht sagen! Was war denn das Gute, das du getan hast?

Obdachloser:

Ich? Was Gutes? Gar nix. Ich hab meinem Kumpel meine Flasche Rum zukommen lassen, die ich bei ALDI geklaut hatte. Er war kurz vorm Abkratzen, hat sie ausgesoffen, und dann ist er erfroren letzte Nacht an der Elbe. Aber deswegen sind die Bullen hinter mir her.

Engel *(gibt ihm die Flasche Rum aus ihrem Beutel)*:

Nimm diese Flasche, Josef Ackermann. Der Weihnachtsmann und ich haben aber schon jeder einen Schluck daraus getrunken.

Obdachloser:

Nee, nee – das glaub ich ja nicht. Du bringst mir meinen Rum wieder?

nimmt gierig einen langen Schluck

Engel *(für sich, mit Blick zum Himmel)*:

Vielleicht verzeiht ihr mir da oben, wenn ich diesem stinkenden Suffkopp einen Kuss gebe. Igitt!

rückt näher zu ihm, will ihn küssen, ekelt sich noch einen Augenblick, dann küsst sie ihn

Nimm diesen Kuss vom Himmel, guter Josef!

Obdachloser *(völlig überrascht)*:

Hallo, wie wird mir denn? Echt sexy. Komm, lass uns 'ne Nummer schieben, Engel, unter der Brücke! Ich glaube fast … ist jetzt Weihnachten oder was?

Engel *(nimmt schnell wieder Abstand)*:

Lebe wohl, du guter Josef. Ich muss zurück in den Himmel und Geschirr spülen.

Obdachloser:

Ja, ist wohl auch besser so. Sonst werd ich noch verrückt vor Glück. Meistens kommt ja das dicke Ende hinterher, wenn mal was Gutes passiert ist.

Engel *(verschwindet winkend)*:

Halleluja, Hosianna und so weiter und so weiter – das ganze fromme Gelaber …

Obdachloser *(steht von seiner Bank auf, geht nach vorn an den Bühnenrand)*:

Ich hab was zu fressen.
Und ich hab was zu saufen.
Und ich hab noch zwei Euro,
mir die Welt zu kaufen.

Frohe Weihnacht da unten,
ihr Satten und Reichen!
Abgerechnet wird zum Schluss.
Und dann mach *ich*
das Victory-Zeichen.

er zeigt dem Publikum das Victory-Zeichen, wie einst Josef Ackermann vor Gericht beim Mannesmann-Prozess. Musik setzt ein: Halleluja *von Händel*

Weiße Weihnacht

Wenn de Küll di dörr geit
(Wenn die Kälte dir durch und durch geht)
dör bit op de Huut
(durch bis auf die Haut)
un so kold de Wind weiht
(und so kalt der Wind weht)
mach keen een mehr rut.
(mag keiner mehr nach draußen)

So sang Knut Kiesewetter in seinem wunderschönen Weihnachtslied vom Fresenhof. Das war 1976, ich hatte ihn besucht und sollte ihn für die Zeitschrift *Brigitte* interviewen.

Kurz vor Weihnachten. Es fing auch grade an zu schneien. Und ich sollte an diesem Abend noch erfahren, wie schlimm es wirklich sein kann, wenn »kold de Wind weiht un de Küll geit dör bit op de Huut«. Fast hätte ich es nicht überlebt.

Es geschieht ja hier oben bei uns im Norden nicht mehr oft, dass es um die Weihnachtszeit mal wieder ordentlich schneit. So richtig dicke Flocken, meterhoher Schnee auf den Straßen und die Bäume in den Parks und Gärten gehen regelrecht in die Knie von der schweren Last des Schnees. Nein, höchstens alle fünf bis sechs Jahre bereitet uns der Himmel noch dieses Vergnügen.

Aber was heißt Vergnügen? Sowie es in Hamburg und Niedersachsen oder Schleswig-Holstein wirklich mal einen Tag lang schneit, redet doch gleich alles wieder aufgeregt von der Schneekatastrophe, und die ARD bringt einen Brennpunkt über dieses lebensgefährliche Ereignis. Die Deutsche Bahn stellt fest, dass die Oberleitungen zusammenbrechen und dass die Heizung in den Zügen nicht funktioniert. Sie konnte doch nicht wissen, dass es im Winter kalt wird.

Knut Kiesewetter hatte sich damals schon ein bisschen zurückgezogen aus dem Rampenlicht und dem Trubel des Liedermacher-Ruhms. Seine wunderbaren Weihnachtsballaden in plattdeutscher Sprache wurden damals noch viel im Hörfunk gespielt. Knut hatte es einfach drauf, völlig unsentimental über Winter und Weihnacht, über Tee mit Rum und die Liebe zu den Menschen zu singen. Am besten hat mir aber damals sein Song über die grünen Menschen gefallen:

> Fahr mit mir den Fluss hinunter
> in ein unbekanntes Land,
> denn dort wirst du Menschen sehen, die bis heute
> unbekannt.
> Sie sind nett und freundlich,
> doch sie sehen etwas anders aus
> als die Leute, die du kennst bei dir zu Haus:
> Sie sind grün! Sie sind grün! Und sie glauben fest
> daran,
> dass die Farbe der Haut nichts über uns sagen kann!

Um diese Lieder ging es der *Brigitte*-Redaktion. Ich war schon immer ein Bewunderer von Knut. Seine Songs waren poetisch und schön und vor allem auch engagiert, ohne aufdringlich zu sein. Davon ist dieses Lied von den grünen Menschen das beste Beispiel: Vielleicht das erste Liedermacherlied über Rassismus.

Dass Kiesewetter so uneitel und zurückhaltend war, wie man es in diesem Metier sonst nur selten kennt, weiß jeder, der sich mit dem großartigen Jazz-Trompeter, Poeten, Geschichten- und Witzeerzähler schon mal näher befasst hat.

Knut und Regine, seine Frau, und ich hatten den ganzen Abend über das Elend der Medien, über korrupte Produzenten und Musikredakteure, aber selbstverständlich auch über gute und reizende Kollegen geredet und geratscht. Ich weiß nicht mehr, was wir eigentlich tranken, es wird wohl Grog gewesen sein, was sonst in Friesland? Die Zeit verging wie im Fluge. Natürlich erzählte Knut auch einige seiner Ostfriesenwitze, die er schon auf Platte aufgenommen hatte – einen davon muss ich noch schnell loswerden:

Kommt ein Ostfriese in den Bücherladen. Er möchte gern ein paar Bücher kaufen. »So, so«, sagt die freundliche Buchverkäuferin. »Woran dachten Sie denn da?« – »Jo«, sagt der Ostfriese. »Was sich gut aufm Schrank macht.« – »Verstehe«, sagt die Verkäuferin. »Vielleicht gesammelte Werke?« – »Jo; so fünf bis sechs Stück«, sagt der Ostfriese. »Sehr schön«, sagt die Verkäuferin. »Wie wär's mit Schiller?« – »Wär got«, sagt der Ostfriese. »Aber welche Ausgabe?!«, sagt die Verkäuferin.

Da kratzt sich der gute Mann am Kopf und sagt. »Oha. Jo! Da hebben Sie eigentlich auch recht.« Und geht wieder aus dem Bücherladen.

Regine ging wohl etwas früher zu Bett. Knut und ich aber klönten noch zwei oder drei Grogs länger. Dann zeigte Knut mir noch das Gästezimmer, wo ich schlafen sollte. Wir wünschten uns gute Nacht.

»Ich geh noch mal kurz vor die Tür«, sagte ich. »Muss noch bisschen frische Luft schnappen.«

Knut entschwand in sein Schlafzimmer. Ich trat mit Hanne Wieder vor die Tür. Ja, Hanne Wieder war dabei. Der gute, etwas triefäugige Bernhardiner, der den Fresenhof bewachte, ein unheimlich gutmütiger Kerl, der sich auch gleich von mir streicheln und klopfen ließ.

Ich wollte wirklich nur ein bisschen frische Luft in meine Lungen atmen. Es schneite jetzt ununterbrochen. Sterne am Himmel waren nicht zu sehen. Nur die paar Lampen vom Flur, die noch brannten, gaben ein bisschen Licht auf den Boden. Ich war sturzbetrunken, das muss man bedenken.

Ohne Jackett oder Pullover, nur im Hemd, wie ich die ganze Zeit bei Regine und Knut gesessen und gebechert hatte, ging ich erst mal ein paar Schritte vom Fresenhof weg. Ich fror nicht, »de Küll güng noch nich bi mi dörch«, und das war kein Wunder, der Rum wärmte mich durch und durch. Also ging ich noch ein paar Schritte weiter, konnte aber nicht sehen, in welche Richtung. Alles weiß um mich herum – weiß und schwarz, denn es schien kein Mond, keine Laterne. Jetzt fühlte ich doch, wie die Kälte anfing, mir unters Hemd zu kriechen. Mir fielen die Worte meiner Mutter ein, die immer darauf geachtet hatte, dass ich warm genug angezogen war:

»Jung, du holst dir sonst den Tod!«

Der Fresenhof lag jetzt vielleicht fünfzig bis sechzig Meter hinter mir. Ich versuchte noch einmal, wenigstens einen Stern über mir zu entdecken – aber es schneite nur, es schneite mir dick ins Gesicht.

Und dann gingen die paar Funzeln im Fresenhof aus. Jetzt war es wirklich absolut stockdunkel. Zuerst machte mir das noch gar nichts aus. Der Fresenhof war ja hinter mir. Das musste dann also die Richtung sein. Auf die paar Meter konnte man ihn wohl nicht verfehlen. Ich machte also ein paar Schritte, hatte aber plötzlich das Gefühl, als würde ich ins Leere treten. Es schneite in mein Hemd und auf meine Augen. Kein Geräusch, kein Windhauch, kein Ton – absolute Stille.

»Hanne Wieder!«, rief ich. »Wo bist du?« Ich musste mich irgendwie an dem Hund orientieren. Aber Hanne Wieder meldete sich nicht. Ich bückte mich, um den Hund irgendwie zu finden – er war doch grade noch neben mir gewesen.

Aber da war nichts.

»Hanne Wieder!«, rief ich noch mal. Nichts.

Also gut, dann muss ich mich jetzt auf das Haus zubewegen.

Verdammt, es war absolut schwarz um mich her! Mitten im Schnee. Da hatten doch Gartenmöbel gestanden vorhin. Wenn ich mich langsam voranbewege, müsste ich sie doch berühren können.

Ich hielt beide Arme weit ausgestreckt, um mich nicht zu stoßen, falls da etwas käme. Ganz kleine Schritte machte ich aus Angst auszurutschen. Ich trug ja nur so Halbschuhe mit Ledersohlen. Am Boden lag jetzt bestimmt einen halben Meter hoch der Schnee, wovon ich mittlerweile schon einiges in den Schuhen hatte. Ich zwang mich, still zu stehen und zu horchen, ob ich Geräusche vom Haus hören könnte. Aber nichts. Der Schnee schluckte jeden Schall. Plötzlich war ich gar nicht mehr sicher, ob ich überhaupt auf den Fresenhof zuging oder nicht.

»Hanne!«, rief ich. »Hanne Wieder, bring mich nach Hause!« Der Hund war wohl schon vorangegangen und lag vielleicht schon vor der Haustür, oder er wusste einen eigenen Eingang.

Die Kälte machte sich bemerkbar. Ich begann zu frieren.

»Junge, du wirst dir noch den Tod wegholen.« Ich musste nach Knut oder Helga rufen. So peinlich mir das auch war.

Die schliefen bestimmt schon. Ich nahm meinen Mut zusammen:

»Knut! Knuuuuuut Knut Kiesewetter!«, rief ich. Ich wusste aber nicht, auf welcher Seite des Hauses ihr Schlafzimmer war. Ich wusste ja auch gar nicht, ob ich mich noch in der Nähe des Hauses befand. Es tat sich nichts. Bestimmt hatte ich viel zu leise gerufen. Also noch einmal und diesmal lauter:

»Knut und Regine, ich finde nicht zurück, hallo, hallooo!«

Immer noch nichts. Die Kälte biss mich jetzt geradezu. Ich begann auf der Stelle zu laufen, damit mir warm würde. Dabei versuchte ich auch etwas voranzukommen – irgendwohin, hoffentlich in Richtung Haus. Ich schlang mir die Arme um meinen Körper. Mein Gott, was bin ich bloß für ein Idiot, ohne Jacke, ohne Pullover, ohne Mütze rauszugehen in den Winter! Ich machte jetzt größere Schritte, obwohl ich immer noch überhaupt nichts sehen konnte. Weiter, bloß weiter.

Irgendwo müsste ja mal ein Gebäude kommen, ein Stall oder ein Zaun, an dem ich mich entlangtasten könnte. Aber stattdessen hatte ich plötzlich keinen Boden mehr unter den Füßen. Freier Fall. Tatsächlich, es fühlte sich so an, als würde ich nach unten fallen. Aber dann war ich schon gelandet. Das war wohl nur ein Graben oder so was. Ich tastete die Umgebung ab, dabei waren meine Hände schon taub von der Kälte. Wie ein Verrückter krabbelte ich rauf und vorwärts. Verdammte Scheiße, war das kalt! Von dem Rauskrabbeln war ich erschöpft. Wo bin ich, verflucht noch mal?! Tränen liefen mir über das Gesicht –

nicht aus Traurigkeit, sondern wegen der Kälte. Jetzt kroch ich schon auf allen vieren weiter – meine Hände konnte ich nicht mehr fühlen, ich dachte: Die sind jetzt wohl erfroren. Als begeisterter Bergsteiger hatte ich alle die dramatischen Geschichten von den Erstbesteigungen gelesen. Hermann Buhl waren sämtliche Zehen abgefroren nach dem Nanga Parbat. Panik ergriff mich. Verflucht, wenn doch wenigstens der Hund …

Was mach ich denn jetzt bloß, ich kann doch nicht die ganze Nacht hier blind durch die Gegend kriechen. Aus dem Wetterbericht hatte ich auf der Herfahrt gehört, dass es in dieser Nacht bis zu zehn Grad minus geben würde. So eine Scheiße, ich werde glatt erfrieren. Da ist jetzt bestimmt schon eine Dreiviertelstunde vergangen oder sogar eine ganze oder auch zwei – ich habe auch kein Zeitgefühl mehr.

»Hanne Wieder! Knut und Regine!«

Ich zitterte am ganzen Körper und dachte noch, na wunderbar, das wird wohl die Strafe für meinen ewigen schwarzen Humor sein, mit dem ich das Publikum erschrecke.

Ich spiele zum Beispiel auf der Bühne einen Obdachlosen, den Penner Robert, der davon erzählt, dass sein Kumpel Richie vor zwei Nächten in Hamburg an der Elbe erfroren ist: ›Das soll aber ein schöner Tod sein. Erfrieren. Hat mir einer erzählt. Zuerst, sagt er, ist das 'ne ganze Zeit sehr unangenehm. Aber denn mit einmal fängst du plötzlich an zu schwitzen. Mitten in Winter. Bei zwanzig Grad Kälte. Richtig gemütlich, richtig mollig, sagt er. Nur'n bisschen kurz. So zwei, drei Minuten. Und denn ist Sense. Denn klappst du ab. Aber: Hast das vorher noch mal richtig schön warm gehabt.‹«

Mir wird schon ganz heiß bei dem Gedanken daran,

dass ich sterben muss, wenn ich jetzt nicht irgendwas finde, um mich unterzustellen. Die verfluchte Gegend hier ist aber auch völlig menschenleer. Nicht ein einziges Mal die Scheinwerfer eines Autos auf irgendeiner Straße zu sehen.

Die Kälte, die Kälte, ich halte sie nicht mehr aus. Trotzdem stolpere ich irgendwie weiter. Verdammt, das geht schief, das überlebe ich nicht. Ich habe schon fast keine Kraft mehr weiterzutaumeln. Dann plötzlich – oh Gott, was ist das?

Es hat mich einer angefasst. Da geht einer rum! Ein Mörder in der Nacht ... Ich schreie mit schon versagender Stimme: »Hilfe! Hinfort von mir, wer sind Sie?«

Aber die Bestie antwortete nicht. Gleich würde sie sich auf mich werfen. Nein, sie stieß mich am Unterleib an, ich verlor das Gleichgewicht und fiel der Länge nach in den Schnee: Gott sei Dank, es war Hanne Wieder! Eine lange warme Zunge leckte mir übers Gesicht. Ich raffte mich wieder auf. Krallte mich im dicken Pelz des Bernhardiners fest. Ich war gerettet. Dachte ich jedenfalls.

»Nach Hause!«, sagte ich dem Hund immer wieder. Aber er führte mich weiter und weiter irgendwohin. Wie lange das noch so ging, weiß ich nicht mehr. Wir stießen irgendwann an eine Holzwand – und da musste ein Dachüberstand sein. Ich ertastete einen Tisch, der neben der Wand stehen musste. Mit einer Hand hielt ich aber immer noch den Hund fest. Dann weiß ich noch, dass ich auf die einigermaßen schneefreie Stelle unter dem Tisch kroch.

»Hanne, du musst mich warmhalten!«, sagte ich dem Hund.

Und Hanne Wieder verstand – ohne ein Knurren oder Bellen legte er sich unter dem Tisch mit seinem ganzen Gewicht auf mich. Ich grub mich in sein Fell ein – und sagte mir immer nur: Schlaf bloß nicht ein! Wenn du anfängst, zu schwitzen, geht es zu Ende …

Aber irgendwann muss ich dann wohl doch eingeschlafen sein. Auf jeden Fall: Am nächsten Morgen lag ich unter einem Futtertrog, einer umgekippten Krippe, die ich für einen Tisch gehalten hatte, neben einem Geräteschuppen, ungefähr fünfzig Meter vom Fresenhof entfernt. Neben mir lag Hanne Wieder. Der brave Hund hatte mich die ganze Nacht gewärmt. Es wurde allmählich hell. Alles weiß um uns herum. Der Schnee lag inzwischen über einen Meter hoch. Ein Motorradfahrer dröhnte heran – das war wohl der Zeitungsbote.

Ich raffte mich auf und wühlte mich durch den Schnee auf den Eingang des Fresenhofs zu.

»Oha«, sagte der junge Mann, »wo kummst du denn her?«

»Hab draußen geschlafen.«

»De ewige Superee, ne?«, sagte er und fuhr weiter.

Hanne Wieder hatte mir das Leben gerettet. Ich hab mir neulich noch einmal die Lieder von Fresenhof angehört. Da singt der liebe Knut so schön:

Hitten Tee un Stuten
(Heißen Tee und Stollen)
gifft, wenns duster ward.
(gibt es, wenn es dunkel wird.)
Kummst du kold von buten,
(Kommst du halb erfroren von draußen)
ward gau di warm dat Hart.
(wird dir wieder warm ums Herz.)

Jo, jo, Knut – dat kannst wohl seggen!

Hans im Glück

Ein Weihnachtsmärchen im Jahre 2015

1. Szene

Hans hat nach sieben Jahren Arbeit einen Klumpen Gold vom Meister erhalten. Nun schreitet er frohen Mutes mit seinem Lohn zurück nach Haus und spricht zu sich selbst
HANS:
»Da hast du was Echtes. Das ist dein Lohn«,
sagte der Meister. »Vor der Inflation
fürchten die Leute sich in der Welt.
Wenn sie kommt, ist es futsch, ihr ganzes Geld.
Darum sei nun dieser Klumpen Gold
für vier Jahre Arbeit, dein Lohn, dein Sold.
Bald wird des Euros Ende sich zeigen
aber Gold wird ins Unermessliche steigen.
Dann bist du reich, mein guter Hans.
Du wirst vollführen einen Freudentanz.
Alle anderen sind arm, aber du bist reich!«
Hab Dank, lieber Meister. Da tanz ich doch gleich
vor lauter Freude. Ich bin reich, ich bin reich.
Das Glück des Lebens ist mir hold.
Ich habe Gold, ich habe Gold.
Und Gold wird immer noch mehr wert.
ein Reiter kommt ihm entgegen
Da kommt ein Mann auf einem Pferd.

Ein Finanzbeamter zu Pferd hält vor Hans
FINANZBEAMTER:
Halt, stillgestanden. Also rühmst du dich

Deines Goldbesitzes auch noch öffentlich.
Na, das wird ein schlimmes Ende nehmen.
Du besitzt Gold. Du solltest dich schämen …

HANS:
Doch ja. Das ist doch mein Sold, mein Lohn,
so bin ich gefeit vor der Inflation.

FINANZBEAMTER *(liest ein Schriftstück vor)*:
»Die Finanzbehörde gibt hiermit bekannt:
Wer Gold besitzt im ganzen Land,
hat es sofort herauszugeben
und beim Finanzamt zu hinterlegen:
Ob Armbänder oder goldene Ringe,
auch goldene Ketten, alle goldenen Dinge
und sämtliche teure Uhren aus Gold
ihr unverzüglich abliefern sollt.
Der Euro ist tot, hat ausgehaucht,
weshalb die Regierung das Gold jetzt braucht.
Wer sich weigert, wird sofort geköpft.«
zum Publikum:
Stets wird der kleine Mann geschröpft
und ausgenommen und verhaut,
wenn die Regierung Scheiße baut.

HANS:
Gearbeitet habe ich doch dafür,
als Lohn gab es der Meister mir.

FINANZBEAMTER:
Du lügst auch noch. Auf der ganzen Welt
kriegt niemand für Arbeit so viel Geld.
Gib es her. Wir leben in Krisentagen,

sie werden dich jagen und dich erschlagen.
Wer sich vom Gold nicht trennen kann,
ist morgen schon ein toter Mann.

HANS *(laut klagend)*:
Ogottogott, was mach ich bloß?
Wie werde ich denn das Gold wieder los?

FINANZBEAMTER:
Pst, pst! Nicht auch noch so laut schreien.
Ich könnt dich ja vom Gold befreien.
Weil ich sowieso vom Finanzamt bin.

HANS:
Oh, danke schön! Ja, nehmen Sie's hin!

FINANZBEAMTER:
Aus reiner Güte will ich dich befreien.
Ich hoffe, ich muss es nicht bereuen.
Und du nimm dafür dies edle Pferd,
mindestens zwei solcher Goldstücke wert.

HANS:
Wie bitte? Sie wollen das Pferd mir geben?

FINANZBEAMTER:
Steig auf. Reit davon. Es geht um dein Leben!

HANS:
Oh danke! Mir sagten schon viele Bekannte:
Wahre Wohltäter sind alle Finanzbeamte!
Jetzt nichts wie weg und davongetrabt.
Da hab ich ja noch mal Glück gehabt.
reitet davon

Finanzbeamter *(zum Publikum)*:

Das Volk wird betrogen, das ist ja nicht neu.
Und das Finanzamt ist immer dabei.
läuft zur anderen Seite davon

2. Szene

Eine Polizistin mit Strafzettelblock tritt auf.

Polizistin *(zum Publikum)*:

Wem gehört das Fahrzeug HH SU vier?
Ich frage den Besitzer im Publikum hier.
Sie haben im Halteverbot gestanden.
Ihr Fahrzeug ist dort jetzt nicht mehr vorhanden.
Es ist soeben abgeschleppt worden
und steht nun weit vor der Stadt Richtung Norden.
Die Rechnung erhalten Sie in vierzehn Tagen,
wird ungefähr 600 Euro betragen.
Und wer noch sonst? Leute, ich sage euch:
Falschparker meldet euch lieber gleich.
In meinen Augen, das ist kein Versprecher,
sind alle Falschparker Schwerverbrecher!
Ich geh umher und rette den Staat
mit Strafmandat um Strafmandat.
Ich bringe euch Spitzbuben alle zur Strecke …
Oho, wer reitet denn dort um die Ecke?

Hans:

Hü!, mein Pferdchen, lauf Galopp
für Hans im Glück und hopp, hopp, hopp.
Wie ist das Leben doch so schön!

Polizistin:

Halt! Sie bleiben gefälligst steh'n.
Haben Sie eine Erlaubnis zum Reiten?
Keine TÜV-Plakette. Was soll das bedeuten?
Und wo ist bitte Ihr Nummernschild?
Reiten Sie ohne Schild, ganz wild?

Hans:

Wie bitte? Das ist doch mein Pferd.
Mehr sogar als zwei Goldklumpen wert!

Polizistin:

Keine TÜV-Plakette, kein Nummernschild.
Der Tatbestand ist damit erfüllt
des Schwarzreitens!
Steigen sie ab vom Pferd.
Weil das Pferd jetzt der Polizei gehört.

Hans:

Aber nein. Ich hab doch nichts Böses getan.

Polizistin:

Danach geht es nicht mehr, mein guter Mann.
Sie können noch so unschuldig sein,
wir kassieren jetzt einfach überall ein,
bei bösen Taten oder bei guten.
Der Staat braucht Geld, der Bürger muss bluten!

Hans:

Ja, das sagen jetzt alle. Aber bitte schön,
muss ich zu Fuß jetzt nach Hause geh'n?

POLIZISTIN:

Aber nein. Sie erhalten für Ihr Pferd
selbstverständlich vom Staat einen Gegenwert.
Ich komme soeben von der Autobahn,
dort wurde um ein Haar eine Kuh überfahr'n.
Ich zog sie sofort aus dem Verkehr.
sie zieht an dem langen Band eine Kuh aus dem Gebüsch
Jetzt gehört Sie Ihnen, bitte sehr!

HANS:

Mir gehört diese Kuh? Das kann ich nicht fassen.
Sie wollen mir diese Kuh überlassen?

POLIZISTIN *(steigt aufs Pferd)*:

Sie humpelt etwas, Sie komischer Knilch.
Wenn Sie Glück haben, gibt sie sogar noch Milch.

HANS:

Tatsächlich: Der Staat gibt mir was zurück.
Das glaubt mir doch keiner. Ich bin Hans im Glück.

POLIZISTIN:

Berittene Polizei in den Straßen!
Jetzt werden wir noch mehr Parksünder fassen!
reitet davon.

3. Szene

HANS *(bestaunt seine Kuh)*:

Vom Gold zum Pferd, vom Pferd zur Kuh.
Ich werde reicher immerzu.
Wie heißt du, Kuh, wo ist dein Euter?
Ich werde dich melken und so weiter.

Ich werde Milch in Eimern tanken.
Das hab ich alles dem Staat zu verdanken.

Ein Bauer tritt auf. Er führt ein Schwein an der Leine und ein großes Messer mit sich.

BAUER:

Halt, halt! Berühr mir nicht die Kuh!
Des Wahnsinns Beute sonst wirst du!
Du musst auch auf die Ohren achten!
Die Kuh könnte krank sein, ich muss sie schlachten!
Hast sie schon angefasst, oh weh,
wer weiß, vielleicht hat sie BSE!

HANS:

Halt, nein! Ich behalte meine Kuh.
Hab sie eingetauscht. Wer bist denn du?

BAUER:

Mich kennt man doch im ganzen Land:
Ich bin der Sepp vom Bauernverband.
Das fehlt noch, dass hier jedermann,
'ne eigne Kuh sich melken kann.
Hast du eine Ahnung, du dummes Kind,
wie hoch die Kosten pro Liter sind?

HANS:

Der Milchpreis, wie man ihn so kennt:
bei ALDI 45 Cent.

BAUER:

Ich fragte, die Kosten – wie hoch sind die:
für einen Liter Milch von diesem Rindvieh!
Die betragen nämlich 60 Cent.

So dass man dabei nur zusetzen könnt.
Und die staatliche Subvention
von 40 Cent ist ein Hungerlohn.
Privat eine Kuh? Auf gar keinen Fall.
Die gehört zu mir in meinen Stall.

HANS:
Aber ich? Dann habe ich gar nichts. Nein!

BAUER:
Wieso denn gar nichts? Du kriegst doch das Schwein.
Er übergibt ihm das Schwein

HANS:
Ach so. Wie komme ich denn aber dazu?
Sie geben mir dieses Schwein für die Kuh?
Wieso denn dies? Ich meine, warum?

BAUER:
Das steht so im Märchen. Frag nicht so dumm.
Und in der deutschen Landwirtschaft
ist doch sowieso alles märchenhaft!
geht ab mit der Kuh

4. Szene

HANS *(setzt sich zum Schwein auf den Boden und singt nach der Melodie aus dem Zigeunerbaron von Johann Strauss)*:
Ja, das Schreiben und das Lesen
Ist nie mein Fach gewesen,
Denn schon von Kindesbeinen
befasst' ich mich mit Schweinen.

Auch war ich nie ein Dichter,
Potz Donnerwetter Parapluie!
Nur immer Schweinezüchter,
poetisch war ich nie!
Mein idealer Lebenszweck
ist Borstenvieh, ist Schweinespeck.

Doch wie's hierzuland den Schweinen
ergeht, das ist zum Weinen.
Ein Leben lang sich quälen
in viel zu engen Ställen.
Nie tut den armen Schweinen
Potz Donnerwetter Parapluie!
die liebe Sonne scheinen!
Ihr tut mir leid und wie.
Aber du kannst ganz beruhigt sein,
bei mir da hast du Schwein, mein Schwein.
Da hast du Schwein, mein Schwein!
er muss ganz laut niesen

5. Szene

Ein Arzt mit einer Gans unter dem Arm tritt auf.
ARZT:
Wer niest denn da und hat ein Schwein.
Das muss die Schweinegrippe sein.
He, Junge, du hast mich total erschreckt.
Dein Schwein hat dich schon angesteckt.

HANS:
Ich bin gesund! Ist ja nicht zu fassen.

ARZT:

Sie müssen sich unbedingt impfen lassen.
Wir haben nämlich schon seit 2010
die Impf-Ampullen am Lager stehen.
Wo einer spuckt oder krächzt oder niest
da kommen wir sofort angedüst
und hauen ihm eine Spritze rein
gegen den Virus der Grippe vom Schwein.

HANS:

Au! Au! Das tut weh. Was soll das nützen?

ARZT:

Wir müssen das Medikament verspritzen,
es steht doch sonst nur in den Lagern rum.
Das Gesundheitsministerium
hat Millionen Euro dafür rausgeschmissen.
Die wir irgendwie wieder reinkriegen müssen.
Noch eine Spritze. Hinten rein!

HANS:

Lassen Sie das. Ich nehm jetzt mein Schwein …

ARZT:

Nein, das nehme ich. Es kommt ins Labor.
Wir machen Versuche am Schweineohr.

HANS:

Halt, bleiben Sie steh'n!

ARZT:

Du bist doch der Hans.
Ich kriege dein Schwein und du meine Gans!
geht ab mit dem Schwein

6. Szene

HANS: *zum Publikum*

Da sitz ich nun, ich glücklicher Hans.
Für einen Klumpen Gold – diese Gans.
Mir dämmert es zwar, ich merke fast:
Da hab ich wohl nicht gut aufgepasst.
Aber immerhin: Dieser Vogel hier
ist ein wunderschönes, ein kluges Tier.
spricht zu der Gans
Du könntest zum Beispiel mein Haus bewachen
weil Gänse das ja hervorragend machen.
Man würde mir vielleicht auch raten,
ich könnte dich als Weihnachtsbraten …
Aber nein, keine Angst, das würde ich nun
mit meinem guten Herzen dir niemals antun …
Da müsste ich ja … das wär wirklich nicht schön,
zuerst einmal dir den Hals umdrehen,
entschuldige, nur mal so angedacht …
Aber wenn das geschehen wäre, verstehst du,
du würdest gar nicht viel davon merken, das geht
ganz schnell …
Holt ein Rezept aus der Tasche
Also dann:
Nachdem ich dich ausgenommen habe: »Von innen gründlich mit Salz ausreiben und leicht pfeffern. Äpfel und Zwiebeln waschen und grob zerteilen, zusammen mit dem Beifuß in die Bauchhöhle füllen.«
Gans schnattert laut und versucht zu flüchten
Halt, keine Angst. Schön hiergeblieben!
Das steht doch nur in diesem Rezept geschrieben:
»Beim Braten oft mit Brühe oder Salzwasser begießen.
Wenn die Rückseite braun geworden ist, das Federvieh

wenden, also Brust nach oben. Häufig begießen, das ist das Wichtigste. An den Seiten mit der Fleischgabel hineinstechen, …«

Gans schnattert in großer Angst und will wieder flüchten

Was ist denn? Oh, ich rieche den Bratenduft.
Sei ganz beruhigt, ich bin doch kein Schuft.
Aber dadurch kann nämlich dein Fett besser
ausschmelzen.
Da entsteht dann diese Kruste, die ess ich am liebsten.
Mir läuft das Wasser zusammen im Mund.

Gans ist kaum zu beruhigen und windet sich in seinen Armen

Du fürchtest dich so? Gibt doch gar keinen Grund!
Wenn sich ein Flügelknochen leicht entfernen lässt,
deine Flügelknochen, verstehst du. Dann, dann? Ja, dann
ist dein Fleisch weich genug, und jetzt musst
du dreieinhalb bis vier Stunden
mit Power-Hitze braten, wodurch wir die knusprige
Haut erzwingen. Mit der Geflügelschere halbiere
ich dich und …

Gans schreit und schnattert in Todesangst

Was? Fliegen lassen soll ich dich?
Meine liebe Gans, jetzt versteh auch mal mich:
Mir knurrt der Magen. Ich bin ein armer Hans.
Jetzt bin ich reich mit dir, Weihnachtsgans!
Was du mir da erzählst, das ist mir jetzt egal.
Gänsebraten geht über Moral!
Hör auf zu schnattern!

Packt die Gans fest, klemmt sie unter den Arm und geht weg

Mhmmm! Und mit Kroketten und Rotkohl serviert
oder noch besser mit Kartoffelknödeln und dazu einen
Spätburgunder.
Ja. ich bin der Hans im Glück!

Das Tourtagebuch

Weihnachten hinter der Bühne

Am Anfang stand die Geschichte vom »Weihnachtsmann in Nöten.« Von der ARD verfilmt und in sechs Wiederholungen zu Weihnachten gesendet. Ein Taschenbuch erschien, drei weitere »Weihnachtsbestseller«. 1995 die erste Bühnenfassung »Wer nimmt Oma?« im Hamburger Lustspielhaus mit Sketchen, Liedern und Geschichten. Von Anfang an spielte auch Petra Verena Milchert (fernsehbekannte Schauspielerin und inzwischen glücklicherweise mit dem Autor verheiratet) auf der Bühne mit. Und weil Kinder so gut zu Weihnachten passen, waren auch alle vier Töchter mehrere Jahre dabei. Am längsten hat bis heute Raffaela Scheibner durchgehalten. Sie gehört immer noch zum festen Ensemble.

Inzwischen ist »Wer nimmt Oma?« zu einer Art Kultveranstaltung geworden, die wir von Ende November bis Ende Dezember von Flensburg bis Stuttgart auf kleinen und großen Bühnen bringen. Die Geschichte von der Oma, die aus Protest gegen ihre Familie zu Weihnachten nach Mallorca flieht, bildet den Kern der Handlung – dazu aber kommen jedes Jahr neue Sketche und aktuelle Kabarettstücke.

Journalisten stellen immer wieder die Frage: »Und wie feiern Sie nun Weihnachten?« Als ob die sich das nicht denken könnten:

Natürlich so gut wie gar nicht. Wir fahren durch Deutschland, von Stadt zu Stadt, manchmal durch Schnee und Eis; zum Feiern oder zum Keksebacken oder Spanschachteln-Anmalen haben wir keine Zeit. Wir spielen unsere Weihnachtssatire ja völlig selbstlos im Dienste der übrigen Weihnachtsmenschheit, die sich bei allem Stress doch gern noch einmal vorführen lassen möchte, wie aufgeregt, absurd und saukomisch sie sich zu Weihnachten benimmt.

Heiligabend sitzen allerdings auch wir zu Hause unterm Tannenbaum, obwohl: Ich bin mir nicht ganz sicher, wie lange unsere Agenten uns diesen Termin noch freihalten können.

Aber auch Heiligabend sprechen wir nach der Bescherung noch von den Weihnachtsvorstellungen: »Weißt du noch, wie der Toningenieur vergessen hat, Raffaelas Ansteckmikrophon abzuschalten? Und sie sagt noch hinter der Bühne: ›Ich hatte solche Blähungen. Furchtbar.‹ Der ganze Saal hat das mitgehört!«

Oh ja: Hinter der Bühne gibt es auch jedes Jahr ein Programm. Viele Backstage-Geschichten habe ich aufgeschrieben.

Hier sind einige davon.

Catering

Manchmal ist es nicht zu vermeiden, dass wir auch Wusel, unseren rumänischen Straßenköter, mit auf die Tour nehmen müssen. Er – nein, sie – ist eine Hündin und hat nämlich nicht so besonders große Lust, lange Autofahrten zu erdulden. Dabei kann sie eigentlich über alles froh sein, was ihr bei uns zugemutet wird. Wie heißt es bei den Bremer Stadtmusikanten: »Was Besseres als den Tod findest du allemal.« Gesa und Franca hatten Wusel nämlich in Bukarest den Hundefängern vor der Nase weggeschnappt. Eine abenteuerliche Geschichte, nachzulesen in der ersten Erzählung dieses Buchs »Oma gibt nicht auf«.

Wusel heißt übrigens Wusel, weil ich sie eigentlich nicht ausstehen kann: Sie wuselt den ganzen Tag andauernd herum. Man kann sich kein Stück Brot machen, ohne dass dieses ewig hungrige Tier einem um die Füße wuselt.

Also wie gesagt, lange Strecken Autofahren hat die Dame nicht so gern. Sie weigert sich, ins Auto zu springen. Wenn man ihr allerdings vorlügt: »Wusel, es gibt Catering«, dann – hopp! – ist sie im Auto.

Wusel weiß genau: Catering, das sind diese Platten oder sogar Tabletts, die in der Garderobe stehen. Darauf verteilt sind viele appetitliche kleine Brotschnitten, belegt mit köstlichen Wurstscheiben, Käse oder sogar Lachs. Der Vorgänger von unserem Pianisten Berry, unser Freund Dominik, freute sich früher – als wir Wusel noch nicht hatten – schon genauso auf diese Köstlichkeiten. Dominik war schließlich ein echter Musiker, also manchmal etwas klamm und immer hungrig. Auf der Tour hatte er das Catering fest in seinen Speiseplan eingeordnet.

Als wir Wusel das erste Mal mit auf Tour genommen

hatten, konnte sie den Sinn dieser Unternehmung zuerst nicht recht begreifen. Wozu muss man drei oder vier Stunden in einem Auto auf dem Boden liegen, wenn die Fahrt sich praktisch gar nicht lohnt? Man darf nach dem Aussteigen noch nicht mal frei rumlaufen, die Gegend abschnüffeln und vielleicht ein paar Kollegen treffen. Nein, man wird an der Leine mitgenommen und kommt in einen großen, leeren Saal; die Herrschaften gehen nach vorn, verschwinden kurz und tauchen dann oben auf einer höheren Ebene wieder auf. Dort oben reden sie in ein Stöckchen (z. B. »Test! Test! Eins, zwei, drei, vier!« oder: »Aber warnen tat ich Dagmar, ahnend, dass das alte Aas« und anderen Unsinn) und sind plötzlich viel lauter als sonst. Dann wird man gerufen, will nach vorne kommen, auch auf diese höhere Ebene, kann da aber nicht raufspringen. Endlich öffnet sich an der Seite eine Tür, und man darf eine kleine Treppe hochlaufen und ist jetzt auch da oben und guckt nach unten runter. Aber was soll das?

Doch dann endlich erschließt sich einem als Hund der tiefere Sinn der ganzen Unternehmung: Man wird nämlich in einen Raum im hinteren Bereich geführt – und da stehen diese wunderbaren Platten, Brötchen mit Köstlichkeiten darauf. Man bekommt zur Belohnung ein kleines Stückchen Wurst von einem der Brötchen und wird gleich ganz hundefröhlich. Es ist einem natürlich klar, dass das Futter auf den Platten einem nicht allein gehört. Natürlich spielt sich auch hier wieder dasselbe ab wie auch sonst zu Hause: Die aufrecht gehenden Herrscherwesen dürfen sich so viele Köstlichkeiten nehmen und so viel davon fressen, wie sie wollen. Nur unsereiner muss natürlich warten und hoffen, dass was übrigbleibt. (Wusel müsste allerdings zugeben, dass das Ober-Herrscherwesen des Rudels ihr hin und wieder etwas von den Köstlichkeiten zusteckt – obwohl es dafür von Petra ausgeschimpft wird.)

Zum Glück aber – und das weiß die Wusel, weil sie es nun schon öfter erlebt hat –, zum Glück ertönen bald lustige Glockentöne, woraufhin die Herrschaften den Raum verlassen, ohne dass sie die Platten leer gefressen haben. Das eigentliche Fressen findet nämlich immer erst statt, wenn die Herrschaften nach einer größeren Weile zurückkommen.

Dann stürzen sie sich alle erst richtig auf das köstliche Futter und essen fast alles auf. Der Typ, der die Musik macht, entfernt allerdings von jedem der Brötchen die grünen Blätter, die darauf liegen und wirft sie in den Papierkorb. »Bin doch kein Kaninchen«, sagt er dann. Manchmal fällt so ein grünes Blatt zu Boden. Aber das interessiert Wusel nicht die Bohne.

Aber dann klingelt es endlich wieder, die Herrschaften lassen mich zurück und begeben sich wieder auf ihre erhöhte Ebene – und wie schön: Die Reste ihres Fressens haben sie für Wusel auf die Erde gestellt.

Da muss sogar Wusel zugeben: Ein bisschen viel Aufwand für diese Bewirtung – aber man begreift endlich, warum das Rudel so oft mit dem Auto wegfährt.

Ach ja – und wenn man so weit in die Seele des Hundes – Pardon: von Wusel – eingedrungen ist, dann versteht man natürlich, warum Reiner in Flensburg so einen großen Schrecken bekommen hat. Reiner Sasse war unser Veranstalter im Deutschen Haus in Flensburg. Petra hatte vertraglich mit ihm das Catering vereinbart. Und Reiner löste diese Aufgabe äußerst liebevoll. Seine Frau Gerda bereitete das Catering persönlich zu. Dekorierte die Brötchen auch noch sehr appetitlich mit kleinen Gürkchen und Tomaten. Reiner aber, der den ganzen Tag schon Stress gehabt hatte und nicht dazu gekommen war, Mittag zu essen, Reiner dachte sich: Solange der Scheibner mit seiner Truppe auf der Bühne rumspringt, hole ich mir einfach ein oder zwei belegte Brötchen. Gerda hat ja reichlich davon hingestellt. Reiner hatte den Schlüssel zur Garderobe. Aber kaum stand er drin, da kam, wie Reiner berichtete: »So ein wahnsinniges kleines Ungeheuer auf mich losgerast, hat mir in die Hosenbeine gebissen und so entsetzlich gebellt, dass man es bestimmt im Zuschauerraum gehört hat.« Reiner entkam der Bestie mit knapper Not.

Wir aber lobten Wusel dafür: »Wir Künstler leben ja nur vom Catering, das ist doch unsere Gage – und du hast sie für uns verteidigt!«

Stadttheater Uelzen. Wunderbare, große Bühne. Dreißig Meter breit. Ungeheure Hinterbühne, mindestens zehn Zwischenvorhänge, Quergänge, Treppen und irgendwelche Flaschenzüge unter der Decke, falls Helene Fischer mal wieder aus dem Himmel angeschwebt kommen möchte oder so. Wäre natürlich auch was für meine beiden Engel. Da kommt der Regisseur in mir ins Schwärmen. Eindrucksvoller Zuschauerraum, 400 bis 500 Sitzplätze. Ja, da fühlt man sich doch gleich wieder verstanden.

Soll gut verkauft sein, hat Petra rausbekommen.

Und auf der Bühne richtige, echte Bühnenarbeiter. Sieht man gleich: Die verstehen was von Bühnenaufbau. Gestern wurden hier noch die *Vier Musketiere* gespielt (oder sind das sechs?)

Heute kommt das Erfolgs-Spektakel mit Liedern Szenen und Geschichten »Wer nimmt Oma?«.

Die haben hier sogar einen Inspizienten, der uns auch gleich begrüßt. Zwei Bühnenarbeiter begeben sich zur Außenrampe und laden unter Anleitung von Raffaela unser Equipment auf ihren Rollwagen.

»Ist das alles?«, fragt der freundliche dicke Inspizient noch.

»Ja, das ist alles«, sage ich stolz. »Eine Versandkiste aus Holz. Die steht am Anfang im Himmel. In der himmlischen Versandabteilung. Soll gleich auf den Schlitten des Weihnachtsmannes aufgeladen werden.«

»Aha«, sagt der freundliche Dicke, »und wo ist der Schlitten?«.

»Hinter der Bühne natürlich. Wird nicht zu sehen sein«, sage ich.« Man hört höchstens schon den Schimmel mit den Hufen scharren.«

»Ach so. Ganz modern.«

»Dann haben wir noch einen reflektierenden Weihnachtsstern«

Ich hole den Stern aus der Kiste. Das ist ein wunderbarer Stern. Den hat Raffaela mal auf einem Weihnachtsmarkt in Lüneburg mitgehen lassen. »Die hatten da ca. zwanzig Stück um die Würstchenbude rum aufgestellt«, sagt Raffaela. Man muss zugeben, der ist noch prächtiger als der Stern davor. Den hatte Petra in irgendeinem Papierladen entdeckt und für 7 Euro 50 ehrlich gekauft. Ich sage zu dem Beleuchter, der dazugekommen ist (ein echter Chefbeleuchter! Ach, an solchen Theatern will ich nur noch spielen):

»Sie kennen das ja bestimmt: So ein reflektierender goldener Stern auf schwarzem Hintergrund mit einem Spot angestrahlt, schafft eine unheimliche Tiefe. Diese Wirkung füllt sogar Ihre große Bühne.«

»Klar«, sagt der Chefbeleuchter. »Dat kriegen wir hin.«

»Und der Tannenbaum wird separat beleuchtet, elektrische Kerzen«, sagt Petra. »Wo ist der überhaupt?«

»André!«, ruft der Beleuchter seinem Kollegen zu, das muss der Bühnenmeister sein. »Die fragen, wo der Weihnachtsbaum ist?«

»Wat fürn Weihnachtsbaum?«, kommt Andre von der anderen Bühnenseite an.

»Unser Weihnachtsbaum. Der auf der Bühnenanweisung steht.«

»Ham wir nicht.«

»Ja, aber«, fängt Petra höflich, aber Böses ahnend an, »das steht doch im Vertrag.«

»Kenn ick nicht. Fragen Sie Magenbier, Veranstaltungsleiter.«

Also kurz und gut: Sie haben keinen Weihnachtsbaum für uns vorgesehen. Das Gespräch zwischen Petra – die ja wie immer für alles zuständig ist – und dem Herrn Magenbier verläuft ungefähr so:

»Wozu brauchen Sie denn einen Weihnachtsbaum?«, fragt Magenbier.

»Ja, gute Frage. Wozu braucht man wohl Weihnachten einen Weihnachbaum? Der steht doch auch in unserer Bühnenanweisung:«

»Ach so, ja richtig. Wir haben ja auch einen. Im Foyer, wo das Publikum reinkommt.«

»Aber der nützt uns doch nichts«, sagt sie. »Wir brauchen ihn doch auf der Bühne.«

»Einen Baum auf der Bühne? Wozu denn? Klettert da einer drauf?«

Petra: »Als Dekoration, verstehen Sie?«

»Für was?«

»Für das Publikum. Damit es in Weihnachtsstimmung kommt. Hans liest unterm Weihnachtsbaum auch Geschichten.«

»Unterm Baum?«

»Na ja, daneben.«

»Haben wir aber nicht. Wir haben gedacht, Sie brauchen einen Baum für die Stimmung. Der steht im Foyer.«

»Ach so. Na gut. Dann stellen Sie uns doch bitte den Baum aus dem Foyer auf die Bühne.«

»Kommt nicht in Frage. Viel zu schwer. Und mit dem ganzen Schmuck dran, das geht dann alles kaputt. Gehört uns auch gar nicht. Ist von den Abonnenten gestiftet. Nee, Tannenbaum gibt's bei uns nicht. So was bringen die Künstler immer selber mit.«

»Können Sie denn nicht noch schnell irgendwo einen besorgen?«

»Tut mir leid. Kann nur die Requisite. Requisite hat heut Urlaub. Ist ja Gastspieltag.«

Dann kommt Petra zurück auf die Bühne, wo ich inzwischen den Soundcheck mit Raffaela und Berry mache. Petra muss auch noch einen Soundcheck machen:

»Wir kriegen keinen Baum.«

»Wieso nicht? Steht doch im Vertrag«

»Ist egal. Wir kriegen keinen.«

»Wieso egal? Wir brauchen einen!«

»Hör mal: Wenn ich sage, wir kriegen keinen, dann kriegen wir eben keinen!«

»Steht das auch ganz bestimmt im Vertrag – oder hast du das vergessen?«

Petra sieht mich an und atmet durch. Wahrscheinlich besinnt sie sich grade auf die buddhistische Yoga-Anleitung »Wie rede ich mit einem Vollidioten, der auch noch mein Mann ist?«.

Ich kenne diesen Atemzug, ich weiß: Jetzt muss ich vorsichtig sein.

»Das ist doch Mist«, sage ich, »eine Weihnachtsvorstellung ohne Weihnachtsbaum.«

»So ist es!«, sagt sie.

»Aber könnten die denn nicht vielleicht … Ich meine: könntest *du* denn nicht vielleicht …? Wir haben den 16. Dezember. Da müssen doch draußen jede Menge Weihnachtsbaumstände sein. Da holst du einfach einen …«

Petra, die in zwanzig Minuten als Engel das Einleitungslied bringen soll – im Engelskostüm, mit glitzernden kleinen Sternen im Haar und dem Kerzenständer mit der brennenden Kerze in der Hand –, Petra sieht mich an, bekommt ganz schmale Lippen, hebt die Hand an die Stirn und salutiert:

»Selbstverständlich, Chef! Wird erledigt.« Und zieht los in den Kampf um den Weihnachtsbaum.

Und hier ist Petras Kampfbericht:

Ich bin raus zu unserem Sprinter. Adrenalin hoch zehn. In zwanzig Minuten ist Auftritt. Gestartet, los in Richtung City. Rechts und links gucken: Wo gibt's hier einen Weihnachtsbaumstand? Müssen doch draußen jede Menge Stände sein, sagt mein Mann.

Verdammt viel Verkehr. Alles Weihnachtsgeschenkeeinkäufer. Auf der rechten Seite plötzlich: Weihnachtsbäume. Ich angehalten in der zweiten Reihe.

Leute hupen. Mir doch egal. Hier geht's um Kultur, hier geht's um Theater. Da stehen die Bäume – aber, oh verdammt, die sind zur Dekoration eines kleinen Schmuckstandes. Wieder zurück in den Lkw. Wieder weiter in die Stadt. Nirgendwo ein Stand mit Weihnachtsbäumen. Von wegen: jede Menge. Und die Zeit wird schon knapp. Da! Da auf der linken Seite vor einem vornehmen Haus mit Portal, vor einer Treppe, stehen zwei schöne große Weihnachtsbäume. Zwei Meter fünfzig bis drei Meter groß. Das ist es! Davon muss ich einen haben. Wozu brauchen die zwei Bäume vor der Tür, wenn wir gar keinen haben? Ich wieder geparkt in der zweiten Reihe. Hin zu dem Haus: Zahnarztpraxis/Kieferchirurgie Drees, Neumann und Weichmüller.

Ich voll unter Strom. Rein in die Praxis. Die Praxis ist voll. Patienten sitzen herum und einige stehen, Assistentinnen laufen durch den Vorraum, zwei Ärzte mit wirrem Blick schreiten an mir vorbei. Ich geh auf eine Assistentin zu:

»Was ist denn? Was wollen Sie denn?«, fragt sie ganz erschrocken, weil ich so gehetzt gucke.

»Ich brauche dringend einen Weihnachtsbaum. Ganz dringend!«

»Wie bitte? Wir sind eine Kieferchirurgische Praxis«.

»Vorne vorm Haus haben Sie zwei Weihnachtsbäume stehen. Wir brauchen einen davon. Dringend. In zehn Minuten fängt die Vorstellung an. Stadttheater. Wir haben keinen Baum. Der gehört zum Stück. Ich bringe ihn auch heute noch zurück.«

Einer der Ärzte dreht sich um.

»Bitte sehr? Was ist hier los?«

»Ein Notfall«, sage ich, rede aber gleich weiter. »Wir haben keinen Weihnachtsbaum. Die ganze Vorstellung muss ausfallen. 500 Leute sitzen schon drin …«

»Augenblick. Beruhigen Sie sich doch erst mal«, sagt der Arzt, und ich registriere: klasse Typ, blaue Augen, der kann zupacken.

»Die Zeit!«, sage ich. »Wir haben keine Zeit, und Sie haben zwei tolle Bäume vor der Tür. Könnten Sie uns einen ausleihen?«

»Aha«, sagt der Arzt mit den blauen Augen. »Ihnen gefallen also unsere Weihnachtsbäume vor der Tür. Die sind nicht zu verkaufen.«

»Nein, nein, ich möchte ja auch nur einen davon ausleihen. Sie kriegen ihn heute noch zurück.«

»Ach so, Sie sind vom Theater«, sagt er. »Requisiteurin?«

»Nein, ich bin nur die Hauptdarstellerin. Aber die Zeit, verstehen Sie. Es klingelt gleich zum dritten Mal.«

Er sieht mich an und grinst.

»Na, na, na«, sagt er und droht ein bisschen mit dem Finger.

»Darf ich?«, frag ich. »Sagen Sie ja?«

»Den rechten oder den linken?«

»Ist mir ganz egal.«

»Ich finde aber den linken schöner!«

Jetzt will er mich quälen. Ärzte sind doch alle Sadisten.

»Ja, schön! Danke, danke!«, rufe ich. »Dann nehme ich den linken!« Und bin schon draußen.

Oh Gott, ich hab's geschafft. Jetzt nur noch den schönen Baum auf die Straße schaffen und zum Sprinter. Aber Scheiße: Der ist so schwer mit dem großen Topf mit Erde drunter. Das schaff ich nie. Was mache ich jetzt bloß? Da fällt mir natürlich meine allmonatliche Darbietung bei der Sperrmüll-Annahme ein: Arme kleine Frau muss Kühlschrank abladen – wie ein Bild des Jammers stehe ich da. Bis einer von der Sperrmülltruppe sich meiner erbarmt. »Na, dann geben Se mal her«.

So muss es hier auch klappen. Versuche immer wieder vergeblich den schweren Topf zu heben und stöhne dabei, dass die Passanten stehen bleiben. Ooooooo! *Aaaaaaaa*! Und immer mit diesem herzerweichenden »Warum hilft mir denn keiner? Warum bin ich denn so allein auf der Welt?«-Ausdruck. (Wozu ist man schließlich Schauspielerin?) Und es klappt tatsächlich wieder. Nicht der junge Siegfried oder Tarzan eilen mir zur Hilfe: Ein älterer Herr mit Aktentasche kommt von der anderen Straßenseite. Der erkennt aber erst, als er bei mir ist, dass hier ein Herakles erforderlich ist. Aber der brave Mann gibt sich keine Blöße, er wirft sein Jackett auf die Straße, hebt den Baumtopf an, ich helfe ihm dabei – ihm treten fast die Augen aus dem Kopf vor Anstrengung – aber wir schaffen es. Der Baum ist zu groß – aufrecht kann er nicht im Wagen stehen. Wir legen ihn hin. Ich muss die Hecktüren offenlassen. Der Baum muss hinten rausgucken. Ich springe in den Wagen, sehe überhaupt nicht mehr zurück, kann mich nicht mal mehr bedanken bei dem braven Mann mit Aktentasche. Vielleicht hat er sich das Kreuz verrenkt meinetwegen. Aus der Autotür rufe ich noch schnell: »Danke, danke, tausendmal danke!« Und weg bin ich.

An der Rampe hinterm Theater steht mein Regisseur und Ehemann und hopst von einem Bein auf das andere. Ich springe aus dem Auto. Seine Begrüßung:

»Verdammt noch mal, wo bleibst du denn?«

»Ich bin die Größte, Ich habe den Weihnachtsbaum!«

Und ich stürme zum Umziehen in meine Garderobe.

So weit Petras Kampfbericht.

Und ich, der hauptamtliche Weihnachtsmann, erledige den Rest.

Persönlich trage ich mit zwei Bühnenhelfern den Baum auf die Bühne, die Vorbühne neben den Vorhang. Wir stemmen ihn hoch und stellen ihn auf. Zwei Spots richten sich auf den Baum.

Das Publikum erlebt das alles mit – erster starker Applaus.

(Den habe ich an Petra weitergeleitet.)

Und das Schönste: Herr Veranstaltungsleiter Biermagen kommt nach der Vorstellung noch mal kurz in der Garderobe vorbei:

»Sehen Sie wohl: Hat ja doch noch geklappt mit dem Baum!«

Kritik Lüneburger Zeitung: »[...] sehr sehr originell auch die Szene mit dem Weihnachtsbaum. Er wurde als Prolog vor der Vorstellung hereingetragen und aufgestellt. Und zwar in Natur, ohne Schmuck. Es ist ja erst Adventszeit«.

PS: Wichtiger Hinweis für die kassenärztliche Verrechnungsstelle: Der Weihnachtsbaum (eine Kiefer) wurde selbstverständlich am gleichen Abend noch an seinen Platz bei den Kiefer(n)chirurgen zurückgestellt.

»Habt ihr gemerkt: Der Feuerwehrmann hat gelacht!« Eine bessere Kritik kann es für unsereinen nicht geben. Feuerwehrleute müssen pflichtgemäß zur Vorstellung kommen und müssen sich alles ansehen und -hören, von Karl Dall bis Bodo Wartke, von Dieter Hallervorden bis Monika Gruber. Feuerwehrleute haben alles schon gehört oder gesehen. Vielleicht läuft heute Abend im Fernsehen ein großes Fußballspiel, das die Feuerwehrleute gerne sehen würden – stattdessen sitzen sie nun hier. Und hier passiert doch nichts; Dass der Vorhang anfängt zu brennen, ist seit zehn Jahren nicht mehr vorgekommen, und dass sich die Diva auf der Bühne den Fuß verstaucht oder der Polizist den ekelhaften Hauptdarsteller mal wirklich erschießt: darauf wagt man doch gar nicht mehr zu hoffen.

»Ja, der junge Typ«, sage ich zu Raffaela, »der konnte sich ja fast nicht wieder einkriegen bei deiner *Oma-tüdelt-wohl-schon*-Nummer.« – »Weiß ich doch«, sagt Raffaela. »In der Pause wollen wir uns treffen!«

Ich denke: Das geht ja nun doch vielleicht etwas weit. Aber sie muss ja wissen, was sie tut. Raffaela ist schon seit ihrem sechsten Lebensjahr dabei. Rüdiger Nehberg hat mal in einem Interview gesagt: »Der Scheibner beutet seine Kinder aus. Der schleppt sie jedes Jahr mit auf die Bühne. Billigere Schauspieler kriegt er einfach nicht.«

Raffaela traf sich jedenfalls in der Pause mit dem Feuerwehrmann.

Im zweiten Teil trat Raffaela noch einmal als Hilfsengel auf. Petra war die Politesse, die dem Weihnachtsmann und dem Engel ein Strafmandant wegen Falschparkens verpassen wollte (der Schlitten stand im Halteverbot). Der Engel hatte aber ein Himmels-Handy, mit dem er himmlische Soforthilfe anfordern konnte. Da traf der Blitz die Politesse, die infolgedessen alle ihre schrecklichen Strafmandate zutiefst bereute und auf Knien um Gnade flehte. So jedenfalls sah es das Publikum. Die Politesse aber, von Petra gespielt, bemerkte hauptsächlich eins: Die Flügel des Hilfsengels hingen ihm nach der sechzehnten Vorstellung gar nicht mehr schlapp und zerzaust am Rücken herunter, sondern waren mit einem Mal groß und schön, als wenn der Engel sich tatsächlich damit in die Lüfte erheben und wegfliegen könnte.

Der Feuerwehrmann hatte Raffaela in der Pause schüchtern gefragt, ob er ihr die Flügel etwas reparieren dürfe. Das war sein Werk. Wunderbar. Da wird sich der Kostümverleih aber freuen, die hatten uns diese schlappen Flügel nämlich als renoviert übergeben.

Dazu muss man aber auch noch wissen: Das war nicht der erste Feuerwehrmann, der ein Auge auf Raffaela geworfen hatte.

Ich weiß nicht mehr, wie die Städte alle hießen – aber immer wieder meldete Raffaela uns:

»Der Feuerwehrmann hat mir auf Facebook geschrieben.« – »Der Feuerwehrmann möchte sich mit mir treffen.« – »Der Feuerwehrmann schickt mir ein Bild und möchte so gern ein Autogramm von mir haben.«

Versteht sich, dass wir fast jedes Mal, wenn die Feuerwehrmänner hinter die Bühne oder sogar in die Garderoben kamen, um zu prüfen, ob wir evtl. Dynamit oder Benzin dabeihatten, dass wir sie uns also jedes Mal sehr genau ansahen und Raffaela fragten: »Was meinst du, ist wieder einer für dich dabei?«

Texthänger

Immer wieder diese Vorwürfe, ich hätte wieder einen Texthänger gehabt.

»Ich hatte keinen Texthänger.«

»Doch – zum Beispiel in der Media-Markt-Szene.«

»Wieso denn? Bei welchem Text denn?«

Man muss zugeben, Raffaela ist nicht zu schlagen in puncto Textsicherheit. Auf den Proben gibt es zwar regelmäßig Ärger, weil sie mal wieder nicht gelernt hat – musste ja wieder irgendeine Klausur schreiben (ist ja schließlich wichtiger!) –, aber schon bei der Generalprobe ist sie voll da und spricht die kompliziertesten Texte perfekt auswendig.

Das nutzt sie dann aus, wenn ihr Vater mal eine kleine Abweichung bringt.

»Bei welchem Text?«, fragt sie. »Wo du die Aufzählung machst für den Werbespot. Geschirrspüler von Siemens usw.«

»Den habe ich fehlerlos gesprochen.«

»Nein, da hast du irgendwas rumgeblödelt. Irgendwas von Stolz der Weihnachtsmänner oder so. Mein Stichwort ist aber Pixelzahl.«

Und nun sagen Sie mal selber: Der Text lautete im Original: »Camcorder in Riesenauswahl/mit maximaler Pixelzahl«. Die Stelle hatte ich nicht richtig drauf, habe aber sofort aus dem Stegreif einen Ersatzvers gedichtet, nämlich: »Mit integriertem Audio-Brenner/der Stolz für alle Weihnachtsmänner.« Ich meine, das soll mir mal einer nachmachen: Ich kann gebundene Texte auf der Bühne im letzten Moment im Kopf dichten und sie dann sofort bringen.

Ich sage daher zu Raffaela: »Das ist doch völlig wurscht ob Pixelzahl oder Brenner!«

»Ist es eben nicht!«, sagt sie. »Ich warte auf das Stichwort. Wenn das nicht kommt, weiß ich doch nicht, wie's weitergeht.«

»Ach was«, sage ich. »Ich habe das Stück schließlich geschrieben. Als Autor habe ich das Recht, es jederzeit zu ändern und zu verbessern!«

»Nee, du hast deinen Text vergessen!«

Und Petra, die ebenso textsicher ist wie unsere Tochter, springt ihr sofort bei. »Da hat Raffaela vollkommen recht. Oft genug extemporierst du einfach.« (Damit, dass sie das Wort »extemporieren« gebraucht, beweist sie auch gleich, dass sie vom Fach ist.)

Aber so sind sie, die Schauspieler.

Nur, wenn ihnen mal selber so etwas passiert, dann werden sie ganz hilflos und aufgeregt.

Seit geschätzt hundert Jahren beginnt unser berühmtes Weihnachts-Satire-Erfolgsprogramm »Wer nimmt Oma?« mit einem Song von Petra. Der hat zwar jedes Jahr einen aktualisierten Text – aber er beginnt immer gleich, und zwar mit der Zeile:

»Das ist die liebe Weihnachtszeit«

Danach geht's dann weiter entweder: »in kriegerischen Zeiten«, oder auch: »jetzt heißt es, Leute: kaufen!« oder so ähnlich – was eben grade so dran war in dem Jahr.

Aber die erste Zeile ist immer dieselbe.

Bei der Vorstellung in der Empore in Buchholz läuft alles ohne Zwischenfälle. Das Licht im Saal geht aus. Die Bühne ist dunkel. Berry, der Pianist, setzt sich im Dunkeln an den Flügel und beginnt mit dem Vorspiel zu Petras Auftrittslied. Das ist für sie jetzt das Zeichen, dass sie mit ihrer brennenden Kerze als Engel auf die Bühne geht und ihr Lied singt.

Was aber geschieht?

Petra kommt vom Vorhang zurück, steht vor mir und spricht leise: »Der … der Text?«

Ich begreife nichts. »Welcher Text denn?«

Sie sieht mich verzweifelt an: »Den Anfang!«

Mein Gott, was meint sie bloß? Ich sage: »Wir müssen alle sparen oder so.«

»Nein, nein, den Anfang.«

Raffaela steht auch hinterm Vorhang. Sie hat Petra schon vertreten und das Auftrittslied gesungen. Aber den aktualisierten Teil kennt sie natürlich jetzt auch nicht.

Petra rast an uns vorbei in Richtung Garderobe.

Der Pianist sitzt einsam auf der Bühne und spielt zum dritten Mal das Intro und wartet auf die Sängerin. Aber die kommt nicht. Jetzt kommt sie allerdings mit einem Zettel in der Hand von der Garderobe her angeschossen. Aber sie hat ihre Lesebrille nicht mit. Hält mir den Zettel unter die Nase.

»Wie heißt das?«

Ich lese den Text: »In kriegerischen Zeiten.«

»Nein! Die erste Zeile bitte, bitte …«

»Wie bitte? Die erste …?«

Draußen hat Berry aus dem Vorspiel schon ein Weihnachtspotpourri gemacht, der Junge ist wirklich toll.

Petra hat mir das Manuskript wieder aus der Hand genommen und versucht es ohne Brille im Halbdunkel selber zu lesen:

»›Das ist die liebe Weih…‹«

»›Das ist die liebe Weihnachtszeit‹«, sage ich.

»Jaaa!«, stöhnt Petra auf. »Warum sagst du das nicht gleich«, greift sich ihren Kerzenständer und geht auf die Bühne und beginnt:

»Das ist die liebe Weihnachtszeit.«

Trotzdem: Wer immer seinen Text vergisst, das bin natürlich ich!